追放聖女の
勝ち上がりライフ2

主な登場人物
ジンクレット・マリタ
ガチムチで、狂ったように魔物討伐に打ち込む様から「魔物狂い」と呼ばれている。シーナのことが気になって仕方がない。
キリ
シーナを慕う侍女。ダイド王国の孤児院育ちで、律儀で真面目な性格。
シーナ
ダイド王国第三王子の元婚約者。婚約破棄された際に、異世界転生者であることを思い出す。魔力無限大のチート持ち。

ナジル・ザイン
ナジル商会の会長。仕事はできるが大雑把な性格。なんだかんだ面倒見がよく、苦労が絶えない。
バリー・ダナン
ジンクレットの従者。軽薄で女好きに見えるが、かなり仕事ができる苦労人。
ラミス・ガードック
ガードック子爵家の次女で、諜報員。自身の評価が正当でないと日頃から不満に思っている。

Contents

追放聖女の勝ち上がりライフ 2

まゆらん

イラスト
とぐろなす

1章　聖女は事件に遭遇する

あれ、いつの間に寝たっけ。なんだか、身体が熱いし重い。

寝台で横たわってぼんやりしていたら、唐突に昨日の記憶が蘇（よみがえ）った。

リュート殿下の腕を治したあと。王家の皆様に再生魔法について説明している間に、グラス森討伐隊の兵士たちに対する罪悪感でいっぱいになり、ジンさんに慰められて大泣きし、寝落ちした。

ロイヤルファミリー勢揃いの中！　大泣き！　しかも、泣いて寝落ち！　子どもか！

もうね。申し訳なくて。急いで皆さんに謝りに行こうと身体を起こそうとしたら。動けなかった。発熱していました。ぐったりですよ。

わたしを起こしに来たキリに、熱があるとバレ。侍女さんたちが大騒ぎしたのち、いつの間にかわたしの主治医に就任していたサンドお爺ちゃんが診察してくれた。疲労と栄養失調。これまで蓄積された疲れに加え、戦闘に、旅に、王族との謁見（えっけん）にと、緊張の連続。そりゃあ、体調も崩れるよね。結構な高熱が、数日間続きました。

いつものように、魔法でサラッと治そうとしたら、サンドお爺ちゃんにしこたま怒られた。

疲れた時は身体を休めんか！　身体が休みたいと熱を出しとるのに、魔法で回復して働いたら、意味がなかろう！　と怒られ、苦いお薬と口直しの甘い飴をたくさんもらった。

　寝込むなんて小さい頃以来で落ち着かない。何度も起き上がろうとするわたしを、キリと侍女さんたちが怖い顔で止める。キリと侍女さんたちはすっかり仲良くなったようで、見事な連携プレーで、わたしをベッドに足止めする。

　そういえば王宮の料理長さんは、カイラット街の料理長さんの息子さんだった。名前はナリトさん。お父さんは筋骨隆々(きんこつりゅうりゅう)だったのに、ナリトさんはヒョロリと縦に長く、細かった。でもすっごい食べるらしい。お父さんからザロス(お米)の調理法を伝令魔法で教えてもらったナリトさんは、熱を出して寝込んでいるわたしのために、大鍋いっぱいに雑炊を作り、味見と称してそれをペロリと食べ切ったらしい。美味いなーって言いながら、あっという間に平らげてしまい、誰も止められなかったのだとか。

　あとからちゃんとわたしの分も作ってくれたのだけど。洋風の雑炊で、大変美味しゅうございました。鍋いっぱい食べたくなる気持ちは分かる。チーズを混ぜて胡椒をきかせたリゾットにして、次は食べたいなぁ。作って！　ナリトさん！

　ジンさんは毎日どころか毎時間ぐらいの勢いで見舞いに来る。わたしが寝ている時も来ているらしい。本当はずっと付き添っていたいと言っていたが、仕事が忙しいらしく、怖い顔のバリーさんにとっ捕まっては、引きずって連れ戻されている。頑張れ、仕事しろ。

他にも、リュート殿下やアラン殿下、陛下に王妃様にサンドお爺ちゃん、それに、商会に帰ったはずのザインお爺ちゃんまで。かわるがわる誰かしらが顔を出して、侍女さんにこれじゃあシーナ様がゆっくりお休みになれませんと怒られて、追い出されている。あまりにも頻繁にみんなが顔を出すので、誰に対しても全く緊張しなくなった。賑やかで楽しいしね。

グラス森にいた頃、働いている以外の時間はキリと一緒か、一人ぼっちかのどちらかだったから、構ってもらえるのは恥ずかしいけど素直に嬉しい。そう言ったら、みんなが居座りそうだから言わないけどね。

ウトウトと横になって微睡(まどろ)み、目を覚ますと、ジンさんがベッドの側の椅子に座って何か書類を読んでいた。目を覚ましたわたしに気付き、頭を撫でてくる。絶妙なヘッドマッサージ。気持ちいい。

「うぁー、腕を上げたね、ジンさん」

最初は痛いだけだったのに、力の入れ具合が、ツボがっ……。気持ちいいっ。

「侍女たちに、教えてもらっているからな」

……君は何を目指しているのかね。王子がマッサージ店でも開くのかね。

「退屈だよ、ジンさん。本も読み飽きた。何かしたい」

熱が下がって数日。そろそろ起きてもいい頃だと思うんだよね。貧乏性なわたしとしては、いつまでもゴロゴロしているのは落ち着かない。快適すぎるんだもん！　ここの生活。ちょっと欲しいものを呟くだけで、すぐに出てくるの！　ネット通販より楽ちんなの。キリと侍女さんたちが嬉々として準備してくれるの！　恐ろしい。庶民の生活に戻れなくなったらどうしよう。

「もう起きたい。まだ王都の観光もしてないのに」

ワガママを言ってみると、ジンさんは眉をへにょりと下げた。

「まだサンド老の許しが出ない。サンド老の許しが出たら侍女たちの、侍女たちの許しが出たら侍女長の、侍女長の許しが出たら王妃(お袋)の許しが出て、最終的にキリさんの許しが出たら、起きていいことになっている」

　序列がおかしくない？　サンドお爺ちゃんは主治医(しゅじい)だよね。主治医の許可が出てるのに、何故そんなに、延々と高い壁があるの？　でも最後がキリなのは納得。心配性さんだからね。

　陛下やリュート殿下、アラン殿下、ジンさんは、まだ微熱のある時に起きたいとおねだりをしたら、一発で出歩く許可をしてくれた。「まだ微熱はあるんだから、無理はしないでくれよ」と。チョロすぎて王妃様に揃って怒られて、許可は取り消されていた。なんかゴメン。

熱も引いて身体も起こせるようになった時、ジンさんがゆっくりと、わたしに話してくれた。わたしが作った再生魔法は、絶対に悪い魔法ではないと。足や腕を失った人にとっては、希望を齎す魔法なんだと。

騎士や兵士の中には、足や腕を失って、泣く泣く兵士を辞めた者もいる。剣を持って戦うことや、誰かを守ることに誇りを持つ者にとって、もう一度剣をとって戦えることは、これ以上ない幸せなのだと。

もちろん、足や腕を失って、二度と戦場に戻りたくない者もいるだろう。魔物と戦う恐怖が身体に染み付いてしまえば、剣を捨てる選択をするのも仕方ない。でもそういう者たちにとっても、あとの人生を考えたら、やはり足や腕が元通りになることは喜ばしいことだろう。

兵を率いて戦うということは、部下の命を預かることだと思っている。魔物と恐怖で戦えない者を無理に戦場に送り出すことは、大事な部下の命を危険に晒すことだ。どうしても無理ならば、引かせるのも指揮官の役目であって、無理に戦場に戻した兵士を死なせたのは、指揮官の落ち度だ。断じて再生魔法のせいではないと。

ジンさんはわたしに分かるように、一生懸命に話してくれた。話が前後したり、同じ話を繰り返したりしたけど、自分の言葉で何度も話してくれた。

うん、ありがとう、ジンさん。

でも正直、わたしの罪悪感が無くなることは、これからも無いだろう。

再生魔法がなければ、死なずに済んだ兵士がいたことは事実だから。そして、これからもあの国では、再生魔法のせいで、死んでいく兵士がいることも、事実だから。

でも、それだけじゃないんだよね。

再生魔法のおかげで、また、幸せを取り戻す人もいる。それもまた、事実なのだと。

良かったと思う。わたしが作った魔法が不幸を齎すだけじゃなくて、幸せも作ることができると知って。あのまま、グラス森にいたら、きっと気付けなかった。

そう言ったら、ジンさんは心配そうな顔をして、頭を撫でてくれた。

辛くなったらちゃんと言え。俺ならいつでも聞くから、俺が嫌なら他の誰かでもいいから。1人で抱え込んで泣かないでくれって。前回、みんなの前でボロ泣きしたのが、よっぽど堪（こた）えた様で、念を押されました。それにしても、ジンさんってば。こういうところは頼りになるお兄さんなのに、時々、いや、かなり頻繁に残念なのは何故だろう。もったいない。

再生魔法については、今後はサンドお爺ちゃんとイーサン君を中心に研究が進められることになった。怪我が元で退役した兵士の中で、希望者を募り、臨床を繰り返すのだとか。

そういえば、わたしは何も考えずにリュート殿下に再生魔法を使ったけど。考えてみたら、いきなり王族で試すのはダメだよね。あの時は色々なことに気を取られすぎて、考えが足りなかったと、今更ながらに青くなった。でも、リュート殿下からは、「もし事前に説明があれば、誰よりも率先して俺が臨床に名乗りをあげる。それが王族の役目だ」と言われた。カッコイイ。

あと、もう1人、再生魔法を試してみたい子がいるんだって。隣国の王太子様と聞いて驚いたけど、マリタ王国とは大の仲良しの国なので、治療が上手くいけば協力を得られるかもしれないそうだ。万が一、ダイド王国がわたしを探していたとしたら、身元を隠すのに複数の国が関わっている方がいいらしい。お手間をかけます。

隣国、ナリス王国の王太子、カナン殿下はまだ8歳で、左足首から先が動かないらしい。杖があれば歩行は可能なのだとか。女の子みたいに可愛い顔をしているのに、利発で負けず嫌いなんだって。とても良い子らしいから、会うのが楽しみだ。

カナン殿下を連れて、サイード殿下たちが帰国するまでに、サンドお爺ちゃんを始めとする過保護軍団（ボスはキリ）を納得させ、早く床上（とこあ）げするぞー！　と、わたしは気合いを入れた。

＊＊＊＊＊

悲痛な声で再生魔法のことを打ち明けたシーナ様は、泣き疲れて眠ってしまった。

長椅子に横たわるシーナ様に寄り添い、ジンクレット殿下が優しい手つきでその髪を梳いている。婚約もしていない男女として許される距離ではないが、ごく自然に寄り添っていることに、なんの違和感もなくなったのが恐ろしい。しかしシーナ様が一番安心してお休みになれるのは、実はジンクレット殿下のお側であるということが分かっているため、私は仕方なく黙認する。

「キリ殿」

恐れ多くも陛下からそのように丁寧に呼びかけられ、落ち着かない気持ちになる。平民が相手であろうと敬意を持って接していただくのはありがたいのだが、こちらの心情としては、いっそ呼び捨てにしてもらいたい。

「なんでございましょうか」

「シーナちゃんが再生魔法を使えるようになったのは、いつ頃かね？」

私はその問いに、即答した。

「4年前です。私がシーナ様の侍女となった時ですから」

あの時のことを、この私が忘れるはずがない。私は陛下を真っ直ぐに見つめた。

「シーナ様が初めて再生魔法をお使いになったのは、私が魔物に足を奪われた時でした。シーナ様は、私を助けるために再生魔法をお作りになったのです」

私の言葉に、陛下が目を見開く。

「私は幸い、怪我を治していただいたあとは、女だったこともあり、そのままシーナ様の侍女兼護衛となりましたが……。シーナ様が仰る通り、多くの兵士がシーナ様の魔法で癒され、また前線へ送り出されました」

癒した兵士が前線で亡くなる度に、シーナ様が心を痛めていたのは知っていた。お側にいてもなんの助けにもなれず、己の非力さが身に染みた。

「シーナ様が再生魔法を使い兵士を死に追いやったというのなら、一番の罪は私にあります。シーナ様はその優しさから、私を助けるために、あの魔法を作られたのですから」

後方での支援が主だった私が足を失ったのは、運が悪かったとしか言えなかった。風魔法で後方まで吹き飛ばされてきた魔物が、死ぬ間際に私の足を喰い千切ったのだ。

あの当時、グラス森討伐隊の中で、私とシーナ様は、特別に親しかった訳ではなかった。他国を嫌うあの国で、混血の私と口を利く者はほとんどいない。そんな中でシーナ様は、私に、他の者と変わりなく接してくださった。私は私で、小さな少女が大人に混じって懸命に働くのを哀れに思い、何度かありきたりの労りの言葉をかけたり、食事を分けてあげたりした。私とシーナ様の間柄は、知り合いと友人の間のような、薄いものだった。

そんな私を、シーナ様は必死で助けてくださった。痛みで薄れゆく意識の中、「キリさん、キリさん！　死んじゃダメ」と、泣くシーナ様の声がずっと聞こえていた。もう死ぬのだと思って、覚悟して目を閉じたというのに。次に目が覚めた時には、魔力切れで倒れたシーナ様と、魔物に奪われたはずの私の足が、初めから何もなかったように、そこに無事にあった。

その時初めて、シーナ様は再生魔法を作り上げた。それがシーナ様の御心を切り裂く魔法になるなんて知らずに、私の命と足を救ってくれたのだ。

「シーナ様に一片の罪などあるものですか。シーナ様はお優しく、素晴らしい才能に恵まれた、最高の主人です」

私の言葉に、陛下は大きく頷く。王家の方々が、温かい眼差しをシーナ様に注いでくださるのを、心の底から有り難く思う。

シーナ様を、私1人でお守りするのは、限界があると感じていた。もちろん、命懸けで守るつもりではあるが、ジンクレット殿下が以前に仰っていた通り、シーナ様に伸び伸びと、その才能を発揮していただくには、私1人では経験値と手が圧倒的に足りない。様々な才能を持つシーナ様をお守りするためには、権力や財力、知識が必要になる。私はせいぜい、剣で敵を屠(ほふ)ることぐらいしかできない。それだって、シーナ様は誰の手を借りずとも、できてしまうのだ。

なんて私は無力なのだろう。侍女としても護衛としても、私はシーナ様のお役になど、立てたことはないのだ。

「キリさんだって何も悪くない。再生魔法は、シーナちゃんがキリさんを一番大事に思っていて、助けたいと願ってできた魔法じゃないか。自分に罪があるなんて、そんなこと、二度と言わないでくれ。グラス森討伐隊の中で、キリさんがシーナちゃんの側にいてくれたから、シーナちゃんの心は壊れなかったんだ。キリさんがそんな風に自分のことを思っていると知ったら、シーナちゃんが悲しむ」

ジンクレット殿下に穏やかにそう言われ、私はハッと顔を上げた。ジンクレット殿下の目には、私に対する心遣いと信頼が見てとれた。少しだけその言葉に、救われたような気がした。

ジンクレット殿下というお方は、こういうところは尊敬できるのだ。

だが、シーナ様への想いが重すぎて、油断がならない。そのダダ漏れている欲やら執着心を、もう少し制御できないのだろうか。シーナ様は上手に流しておられるが、見ているこちらは、気が気ではない。私は、シーナ様のお心の伴わないうちは、断固、ジンクレット殿下を阻止するつもりだ。年上で王族という圧倒的な身分もあり、姿形も麗しく評判もいい。それなのにどうしてもう少し、余裕というものを持てないのだろうか。

多分、余裕をお持ちになればお気付きになられるだろう。

シーナ様が一番、泣いたり、笑ったり、怒ったり、呆れたりするのは、私ではなくジンクレット殿下に対してだということに。

＊＊＊＊＊

眠るシーナ殿を連れて、キリ殿が退室したあと。私、アラン・マリタはほっと息をついた。家族（王族）だけが残り、今後の対応について話し合うことにしたのだが。

色々な情報が一遍に入りすぎて、その場は虚脱した雰囲気に包まれていた。無理もない。リュートの腕が治った興奮も冷めやらぬまま、シーナ殿のあの告白。嬉しさや悲しさや怒りが入り混じって、思考が空回りしている感じだ。

それでも。落ち着かぬ様子で右腕を触ったり動かしたりしているリュート（弟）の顔を見ていると、ついつい頬が緩んでしまう。

「さて、どうするかね」

陛下（親父）がイイ笑顔でそう切り出した。相当怒っているな、ありゃ。

「潰す」

短くそう言ったのは末弟のジンクレットだ。完全に目が据わっている。シーナ殿が関わると本当に我を忘れるな、このバカ弟は。

「よし、殺（や）ろう」

もう1人のバカ弟のリュートが、朗らかに同調する。こいつは兄弟の中で一番優し気な顔立ちで、いかにも王子様といった外見なのに、腹の黒い策略家なのだ。

「ふふふふ」

扇子で口元を隠し、王妃(お袋)が笑っている。我が母親ながら、4人の成人した息子がいるとは思えないほど可憐な笑みだが、背が冷えた。ウチで一番怒らせてはいけない人が、ガチギレしている。恐ろしい。

私も同じく頭にきているが、1人ぐらいは冷静な者もいなくてはならんだろう。怒りに任せていたら、潰し漏れが出る可能性もある。

このように、マリタ王国(うちの家族)がガチギレしているのは、ダイド王国に対してだ。シーナ殿に対する仕打ちもさることながら、再生魔法の隠匿(いんとく)という、王国共通法にも反し、協力体制をとる我が国に対しても不義理を働いているのだ。

うちのリュートが魔物討伐で腕を失ったのは今から3年前。キリ殿に確認したが、その頃にはシーナ殿の開発した再生魔法の存在は、グラス森討伐隊を通じて、ダイド王国内では知られていたはずだと。

マリタ王国はリュートの怪我があってすぐ、他の国に対して失った腕の再建法がないか、問い合わせている。それこそ、どれほど遠方の小国であろうと、あらゆる国へ確認した。もちろん、友好国であるダイド王国にも治療法がないかを問い合わせた。彼の国の答えは否だった。

再生魔法は、うちの第二騎士団付き魔術師であるイーサンが、シーナ殿の指導があったとはいえ、一度で成功させているところから見て、魔力量は使うものの、それほど難しいものでもなさそうだ。イーサンとサンド老曰く、考え方や発想の転換で行使できるというもので、ある程度、腕の良い魔術師ならば、習得は可能であると。グラス森討伐隊の中でも、緊急時やシーナ殿が他の治療に当たっている時は、シーナ殿から再生魔法を学んだ別の魔術師たちが、再生を施していたという。

王国共通法では、新しい治療法など、人道的に広く世界に知らしめた方が良いと判断される魔法や薬が開発された場合、開発国には開示の義務が課せられている。恩恵を受ける他の国々は、この魔法や薬の開発にかかった費用を補填し、使用に関して使用料を開発国に支払うなど、各国で協議して決定する。利も負担も、皆で等しく分け合い、享受し合うのだ。

失われた腕や足の再建法など、まさに開示対象の魔法に当たるが、王国共通法の批准国であるダイド王国は、何を思ってこれを秘匿(ひとく)しているのか。選民思想が強く、閉鎖的な国であるから、優れた技術は己の国だけが恩恵を受けるのに相応しいなどと、思っているのだろうか。

「我が国は、あの少女に、数え切れぬほどの恩がある」

陛下の言葉に、皆が頷く。

「俺は腕を治してもらった。腕だけじゃない。大事な側近の心も、救ってもらった。弟との仲まで取り持ってもらった」

リュートが右腕を撫でながら言う。

「私もカイラット街で命を救われました。そしてあの魔物避けの香で、これからどれほどの命が助かるでしょう」

赤炎牛（レッドカウ）の炎で焼かれ、死を覚悟した私を救ってくれた。重傷を負った兵士ともどもだ。

「わたくしは息子を2人も救ってもらったのよ。そんな恩人を傷つけた輩を、簡単に赦（ゆる）せそうにないわね」

王妃が、背筋の凍りそうな冷たい声で呟く。

「俺はシーナちゃんに出会ってからずっと、助けられっぱなしだ。あの子がいないと、生きていけない」

ジンクレットがしみじみ呟く。いや、お前はあの子に依存しすぎだ。そこは自分でどうにかしろ。囲いすぎて嫌われるぞ。

その気持ちは全員同じだったようで、家族揃って、ジンクレットを引きつった顔で見ている。

微妙な空気を変えるように、陛下がゴホンと、咳払いをした。

「最優先にすべきはシーナちゃんの身の安全。我らは義の国マリタだ。あの子の為ならば、我が国は盾にも剣にもなろう。良いな？」

王の言葉に、一同、力強く頷く。

「さて……。今ちょうど、ナリス王国に、サイードが赴いている」

陛下が急に、別の話題を出した。

王太子サイードと、王太子妃ルーナ、そして息子のシリウスは、王の代理でナリス王国の建国祝いに出席している。隣国のナリス王国は、長年マリタ王国と良好な関係を築き、王族同士も仲がいい。国王同士もツーカーの仲で、2人が話していると、国の代表者による会談というよりは、幼馴染同士の悪巧みに見えるほどだ。

「先ほど、サイードとナリス王国より、ナリス王国のカナン殿下が、我が国で暫く滞在したいと申し出があったため、サイードたちが帰国する際は、共にお越しになるだろう」

カナン王太子殿下。ナリス国王の一粒種の、まだ御歳8歳の利発な少年だ。

そこで気が付いた。そう、カナンだ。3歳の時、落馬事故で左足首から先をなくしてしまった。あんな小さな子が、杖をつき、動かぬ足を引きずって、懸命に歩いている。再生魔法なら、あの子の未来も救える！

私は期待を込めた目で、陛下を見つめた。

「我が国だけでも充分だと思うが、シーナちゃんの護りは厚い方がいい。ナリス王国にもその協力を打診している。我が国だけが再生魔法の開発者となるのではなく、ナリス王国との連名にするつもりだ」

我が国が王国共通法に則り再生魔法を公表すれば、シーナ殿が我が国にいることがバレる可能性が高い。できれば、シーナ殿の立場が確固たるものになるまで、安全のためにも彼女の居場所はできうる限り秘匿しておきたい。キリ殿が以前に話していた予想が当たっていれば、グラス森討伐隊はシーナ殿が抜けて以来、圧倒的な戦力不足に陥っているだろう。厚顔無恥なあの国のことだ。シーナ殿の居場所が分かれば、彼女を何らか口実を付けて取り戻そうとするに違いない。今も、躍起になってシーナ殿のことを探しているかもしれない。

「魔物除けの香も同じだ。ザインを通じ、既にナリス王国に販売ルートを作った。ふっふっふっ、ザインのやつ、忙しすぎて萎れておったぞ」

魔物除けの香の販売を一手に引き受けるザイン商会は今、てんてこ舞いになっていることだろう。マリタ王国内だけでも大変だろうに、ナリス王国まで増えるとは、気の毒な。いや、案外、大儲けで笑いが止まらんかもしれんな、あのタヌキ爺いだったら。

陛下は笑みを引っ込めると、じっとジンクレットを見た。

「ジンクレット。お前はあの子をどうしたい？」

陛下は厳しい目をしていた。息子を見ているとは思えぬ冷徹な目に、ジンクレットの背筋が自然と伸びる。

「あの子は多くの才能を持ち、その価値は計り知れぬ。ダイド王国のように、あの子を利用し搾取しようとする輩は、今後増えるであろう」

陛下は椅子にもたれ、ため息を吐いた。

「あれを見てどう思った、ジンクレット。本来ならば誰もが讃える偉業を、罪と思い込まされていた、あの子を。偉業は功も罪も併せ持つ。使い方を誤れば、害にもなろう。だがな、幼き子どもにその罪を背負わせるようなやり方は、私は許せん。我が国の大恩人であるあの子を利用し、あそこまで歪め苦しめた奴らを、許すことはできない」

いつもの温厚さは影を潜め、苛烈で獰猛なマリタ国王の顔が現れる。

「ジンクレット。お前はあの子を守れるか。幼き頃から痛めつけられ、傷つけられ、身も心もすり減ったあの子を、守り、癒し、慈しみ、愛し抜くことができるか。それができないのなら、あの子の側に居ることは許さぬ。潔く身を引け。それができる男を、あの子にはわたしが責任をもって添わせる」

陛下の言葉に、ジンクレットは動揺した。陛下の顔から、本気と分かったんだろう。

しかし揺らいだのは一瞬だった。ジンクレットは獰猛な笑みを浮かべ、睨み返した。

「誰が他の男になど渡すか。シーナちゃんは、俺が幸せにするんだ」

「腑抜けてあの子に叱られてばかりだというのに、よく言うわ。わたしはあの子の幸せのためなら、お前が泣いたところで容赦はしないわよ」

王妃にまで冷たく言われ、ジンクレットはギリリと歯を食いしばる。まあ、気持ちは分からないでもないが、あれだけヘタレを露呈していれば、この扱いも仕方がない。リュートとの仲直りすら、シーナ殿に尻を叩かれていたのだから。

「父親として、お前と添わせてやりたい気持ちはあるがな。国王として、我が国の恩人の伴侶として、今のお前に及第点はやれぬ。励めよ、ジンクレット」

厳しい陛下と王妃に睨まれ、ジンクレットはそれでも視線は落とさず、睨み返している。

ふむ。甘ったれの末っ子も、少しは大人の自覚を持ったか。

可愛い弟の成長を喜びながらも、これから忙しくなるなと気を引き締める。

さっさとジンクレットがシーナ殿を射止めることができれば、マリタ王国の王子妃として彼女の身分も立場も確立し、安全性は高まるのだが。あのヘタレな弟がシーナ殿の王族不信を治し、あの子の支えになることはできるのか、なかなかに、前途多難だ。

近い将来、陛下が用意した完璧な男に彼女を掻っ攫われたジンクレットが、荒れに荒れ狂い、マリタ王国が内部分裂などならないよう、私は神に祈った。

＊＊＊＊＊

隣国の元聖女を、ジンクレット殿下がマリタ国に連れて来たという知らせを受け、ワシは盛大に舌打ちした。

「あの魔物狂いめ！　こんな時に、何を考えておるんじゃ！」

隣国の元聖女と言えば、隣国ダイド王国の第３王子の元婚約者で、新たな聖女の誕生を妬み、害そうとした強欲な女だと噂されていた。平民の出で、大した癒しの力もなく、グラス森討伐隊に加わってはいたが、兵士たちを虐げ、威張り散らしていたという。

グラス森に、共犯の侍女と共に追放されたと聞いていたが、何故かカイラット街の救援に行ったアラン殿下と、魔物狂いのジンクレット殿下と一緒に、マリタ王国にやってきたのだ。

国は今、増えていく魔物の襲撃に荒れつつある。王家、貴族が一丸となってこの危機に立ち向かわないといけない時に、何故そんな不穏分子を引き込んだのか。

しかも、我が愛弟子のイーサンに、突然の出頭命令が下された。腕はすこぶる良いが、気の弱いイーサンはそれだけでガタガタ震え出した。何かイチャモンをつける気かと、ワシは青くなるイーサンを伴って、鼻息も荒く両殿下の元へ参上したのだが。

隣国の王子をたぶらかした魔女じゃ。どんな綺麗な顔をしていても騙されんぞと気負っておったワシは、元聖女に対面して、思いっきり肩透かしを食らった。そこにいたのは美女と言うよりも子ども、しかも栄養が足りておらんのか、ガリガリじゃった。

子どもはワシを見て、サンタさん？　と目を輝かせている。サンタじゃない、サンドじゃ。

そして見せられた再生魔法に、ワシは度肝を抜かれた。なんじゃ、このとんでもない魔法は！　ワシの弟子は天才か？　ピクリとも動かなかったリュート殿下の腕が、治っただと？

皆が大騒ぎし、興奮冷めやらぬ中。素晴らしい偉業を成し遂げたというのに、子どもは浮かない顔……というよりは、何かに怯えていた。

女が1人、子どもに寄り添っている。銀髪に褐色の肌の、コチラも痩せ気味じゃが、子どもを見る目はどこまでも慈愛に満ちていて、不安げな子どもの手を握っている。これが共犯の侍女という者か？　共犯というよりは、親子のようだ。

噂とは全然違う2人の様子に、ワシは困惑した。しかし、すぐにその疑問は解けることになる。

陛下や王妃様も集まり、この奇跡の魔法のことを子どもに優しく問うと、子どもはとんでもないことを言い出した。

「再生魔法が使えるようになったのは、……沢山の兵士を癒したから。腕や、足を、魔物に取られた兵士を癒した時、その傷口を診て、思ったの……。表面だけじゃなくて、中も、血が出たり、骨が折れたりしているところは、きちんと繋げなきゃって。また、血がちゃんと指先まで流れるように、足を動かすための筋肉も繋げなきゃって」

　ワシも衝撃を受けた。成人しているとは聞いたが、見かけはどう見ても子どもが、何故、そんな過酷な現場にいるんじゃ。

「でも再生の魔法ができても、いいことばかりじゃなかった。腕や足がなければ、負傷兵として故郷に帰れたのに、わたしが治したせいで、また討伐に行かされて、亡くなった兵士もいたから。わたしが治さなければ、死ななくてもいい人もいたの」

　己を責めるように、子どもは静かに涙を流す。違う！　お主のせいじゃない！　お主の作った再生魔法は、そんな罪深いだけのものじゃない！

「違う！」

　皆の心を代弁するように、ジンクレット殿下の大きな声が上がる。

「シーナちゃんは、怪我をした兵士を助けたくて魔法を作ったんじゃないか！　悲惨な討伐の現場で、１人でも多くの兵士を救おうとして頑張ったんじゃないか！　シーナちゃんは悪くない！　絶対に悪くない！　シーナちゃんを悪いという奴がいたら、俺がぶっ飛ばしてやる！」

　そうじゃ！　ワシは力強く頷いた。皆も同じく頷いていた。

　子どもがジンクレット殿下の首に抱きつき、声を上げて泣き始めたのを見て、ワシはホッとした。

そして、心の中で、誓った。どこか歪んでしまっているこの子を、正しく導いてやろうと。素晴らしき能力を持つ、若き魔術師を導くのは、年寄りの大事な役目じゃ。魔術師の先達として、大人として、この子を救えなかったら、ワシになど価値はないわい。

かくして、シーナちゃんとの出会いは、衝撃の連続じゃった。

あのあと、高熱を出したシーナちゃんの主治医を務めることになったワシは、侍女のキリ殿の話に、さらに打ちのめされた。

シーナちゃんがその年齢の割に小さいのは、グラス森での過酷な環境に加え、慢性的な栄養不足、睡眠不足、過労が原因に違いない。回復魔法で命を繋いでいたようだが、それは望ましくない状態なのは明らかじゃ。身体が成長してないからの。キリ殿が言うには、グラス森にいる間はほとんど身長も伸びず、体重も増えていないらしい。

おのれダイド王国め。いたいけな子どもに何してくれとるんじゃ。許すまじ。

ワシがシーナちゃんのために薬を調合し、身体に合わせた食事が取れるよう侍女と話し合っていたところ、キリ殿が深々と頭を下げた。

「ありがとうございます。シーナ様のためにっ……、ありがとうございます！」

ほっとしたようなキリ殿の目から、涙がポロポロと溢れる。他の侍女たちが、代わる代わるキリ殿を慰めた。１人であの子を守ってきたんじゃな。成長の進まぬあの子を見守るのは、気が気ではなかったであろう。シーナちゃんは良い侍女を持ったのぅ。

しかしキリ殿、お主も痩せすぎじゃ。食事指導は、お主にも必要じゃぞ。

数日して、シーナちゃんは起き上がれるようになった。しかしベッドから降りることは許さず、回復魔法の使用も禁じた。寝て食べて運動して、子どもは大きくならにゃいかんからの。

しかし診察に行く度に、ジンクレット殿下がいるのはどういう訳じゃ？

あの魔物狂いの氷の王子が、陽だまりの猫みたいな蕩けきった顔で、シーナちゃんに張り付き、本やら花やら菓子をシーナちゃんに貢いでいる。シーナちゃんも仔猫みたいにジンクレット殿下に引っ付いて。甘えている自覚はなさそうじゃの。なんと自然にジャレつくことか……。天然のタラシかの。

かくいうワシもシーナちゃんにタラシ込まれている自覚はある。可愛いんじゃ、言動が。苦い薬を飲むのに、口直しの飴を山ほど準備して……。薬の量は小指の爪くらいじゃぞ？　そんなにいらんだろうに。薬を飲み込み、得意そうにやりきった顔をするところなんか……。侍女たちもニコニコしとるぞい。確かに、いくらでも見てられるのぅ。

「ふむ、シーナちゃん、毎日苦い薬を頑張って飲んでエライのぅ。どれ、サンド爺ちゃんが、なんでも欲しいものを買ってやるぞい」

「ええー？」

目をまん丸にして、シーナちゃんは驚く。

「サンドお爺ちゃん。わたし、子どもじゃないよ。ご褒美なんてなくても、薬ぐらい飲めるよっ！」

顔を赤くして、子ども扱いに怒るシーナちゃん。そういうところがまだまだ子どもじゃのう。

「なんでもいいんじゃぞ？　欲しいものはないのか？」

毎日ジンクレット殿下に、アホみたいに繰り返し欲しいものを聞かれているから、もらい尽くしたのかもしれんが。シーナちゃんは首を横に振りかけて……、ピタリと動きを止めた。

「ん？　なんじゃ？　あるのか？」

シーナちゃんが目を泳がせている。ジンクレット殿下の目がキラリと光る。シーナちゃんの欲しいものは全部把握していないと、気が済まんらしい。心の狭い男じゃのう。

「あの……、その、えっと。サンドお爺ちゃんが嫌じゃなかったらなんだけど……」

シーナちゃんが言い淀んでいる。いつも、ハッキリ、キッパリのシーナちゃんが珍しいのう。

もじもじ、チラチラとコチラを見ながら、恥ずかしそうな上目遣いでシーナちゃんは言った。

「あのね、あの、……サンドお爺ちゃんの、お髭に触ってみたい」

消え入りそうな小さな声でそう言われ、ワシは思わず震えた。

なんじゃ、その可愛いお願いは！　目眩がしたぞ！

見ろ、周りの侍女たちが、悶絶しとるじゃないかっ！

「な、なんじゃ、そんなことか。いくらでもいいぞ！」

ワシは髭が触りやすいように、屈みこんだ。ワシに近付くシーナちゃんを見て、ジンクレット殿下が殺気を飛ばしてくる。こんなジジイにまでヤキモチとは、余裕のない男だのぅ。

「うわぁ……！　ふわふわ！」

ワシ自慢のクルクルの真っ白な顎髭に触れ、シーナちゃんは感嘆の声を上げる。目がキラキラ、頬はほんのり赤くなり、本当に嬉しそうじゃった。

横でジンクレット殿下が「俺もまた髭を伸ばす！　シーナちゃん！　触ってくれ！」と騒いでいる。気持ち悪いのぉ。シーナちゃんも、引きつった顔をしているじゃないか。

しかし、シーナちゃんはよくワシの名前を間違えるのぅ。

「サンタさんだあ」と小さく呟いておったが、ワシはサンドじゃからの！

＊＊＊＊＊

「全！　快！」

とうとうラスボス(キリ)の許可を取り、床上げしましたー！　長かった！　長かったよ！

というか、２カ月半も許可が降りなかったよ。部屋に籠りっきりで、太った！　お腹にお肉が、お顔にお肉が！

鏡を見て落ち込んでいたら、キリに、体重はようやく標準ギリギリになったぐらいだと怒られた。わたし、ジンさんと出会った頃は、すごいガリガリだったらしいよ。気がつかなかった。グラス森では、あんまり鏡を見なかったからなぁ。

「それじゃあシーナちゃん、行ってくるな」

旅姿を整えたジンさんが、挨拶に来てくれた。

以前の冒険者風の姿ではなく、騎士の格好だ。バリーさんも同じく、騎士の格好をしている。

もうすぐマリタ王国の王太子殿下御一行様が、マリタ王国に帰ってくるんだけど。最近は街道にも魔物が出るため、ジンさんが部隊を率いて、お迎えに行くそうだ。騎士の隊服に身を包んだジンさんは、３割増しぐらいで格好良く見える。この世界でも制服マジックはある！

ジンさんが王太子御一行様のお迎えに行くと聞いて、わたしは少し心配になった。カイラット街の時のように、魔物避けの香が効かない、強い魔物が出たら危険だ。そんな凶悪な魔物の頻出が、グラス森討伐隊が魔物の棲家(すみか)を突っついているせいだったら、なんだか元討伐隊の一員として、申し訳なさを感じる。いや、わたしの責任じゃないけどさ。

なので、ジンさん専用の剣を作ることにした。ミスリル鉱石とその他鉱石を混ぜ、ジンさんの愛用の剣と同じ形にする。剣の柄に魔石を嵌め込み、重さや重心、持ち手をジンさんに実際に持ってもらって確認しながら、調整していく。それが終わったら一気に刀身に魔術式を刻み込む。僅かに重さが変わるから、またジンさんに剣を振ってもらい、微調整。うむ、できた。

「じゃあ、魔力を流してみてくださーい」

わたしの合図で、ジンさんが剣に魔力を流す。青みを帯びたジンさんの魔力が刀身を満たす。

「綺麗ー」

魔石に魔力が漲り、青く染まった。キリの赤とは対照的な青。すごく綺麗。ジンさんの眼の色と同じだ。

騎士団の鍛錬場で、ジンさんが剣を一振りすると、風の魔力を孕んだ刀身が揺れる。うむ、調子は良さそうだ。強めに魔力を込めると、刀身から風の刃が放たれた。こちらも成功！

「しっぷうの剣と名付けよう」

「カッコいいな！」

冗談で命名したわたしに、ジンさんがキラキラした顔で即、許可を出す。良いのか、その名前で。……ジンさんがいいならいいけど。うん、欲しかったオモチャをもらった子どもみたいな浮かれようだな、あれは。

「国宝、いえ、伝説レベルの剣ですね」

バリーさんが引きつった顔で言う。作成時間2時間の剣は、伝説には相応しくないと思うの。

「ジンさーん！　バングルも試してね！　ちゃんと動く？」

鍛錬場の真ん中で、ビュンビュンと剣から風魔法を飛ばしているジンさんに、わたしは声をかける。ジンさんの魔力がふわりとバングルに流れたので、わたしの声は届いたようだ。

ジンさんとバリーさんのバングルも改良した。身体能力向上、魔力向上、防御力向上に加え、魔法防御力向上、自動全回復も付けた。うむ、鉄壁の防御だ。バリーさんも喜んでくれたよ。

陛下から、魔法の剣を大量生産するのはダメだと言われた。うっかり濫用されたら大変だもんね。ジンさんが心配だから作りたいって相談したら、厳しい顔をしながらも、どこか嬉しそうな顔で許可してくれた。

そうして旅の準備を万端に整え、冒頭部分に戻るのだけど、ジンさんはわたしに行ってきますの挨拶をしながら、大層悲壮な顔をしていた。国境付近まで馬で往復30日ぐらい？　部隊を率いての旅って、そんなに大変なのかな？

「シーナちゃんと会えないなんて」

悲壮な顔で何を言うのかと思ったら、やっぱりそれか。今までの言動から、なんとなく予想はしていた。予想を裏切らない男。それがジンさん。

「お仕事で行くんでしょ？」

呆れ顔で言うわたしに、悲痛な顔で嘆くジンさん。

「シーナちゃんに出会ってから、側を離れるのは初めてだ。俺がいない間に、誰かが攫いに来たらどうしよう」

「え？　ぶっ飛ばすけど」

風魔法でスパーンと！　あ、スパーンだと切れちゃうね。ドカーンと、にしようかな。

それに何より、キリが見過ごすはずない。文字通り、真っ二つにしちゃうよ、犯人を。

「そうだな。シーナちゃんは強いもんな……。あぁ、シーナちゃん。俺が帰ってくるまで待っていてくれよ」

「んー、分かった」

おざなりな返事というなかれ。１カ月弱ぐらいで大袈裟な、という気持ちでいっぱいです。

まぁ、少し寂しくないこともないけど。ちょっとこの過保護っぷりから、しばらく解放されるのが嬉しいのは事実。

「俺も頑張る。シーナちゃんに会えなくても、ちゃんと我慢して仕事をする」

そう、決意を込めるジンさんですが、目標のハードルが低すぎて、共感ができない。それは『朝、遅刻しないで仕事に行く』と同じぐらい当たり前のレベルでは？

バリーさんがアホだコイツって目でジンさんを見てる。ジンさんに対しては、不敬が服着て歩いているようなバリーさんだけど、その反応は正しい。アホですよ、この人。

「はいはいジン様。行きますよ。シーナ様、バングルの強化ありがとうございますー。お陰様で、アラン殿下に羨ましいって言われましたー。できれば俺が帰ってくるまで、アラン殿下には作ってあげないでください。せめてもう一回、アラン殿下に勝ちたいんです」

バリーさんがバングルに触れながら、上機嫌でそうのたまった。志の低さは主従お揃いだな。

「お約束はできませんが、キリのお相手は心と身体が強い人じゃないと、認めませんよ、わたし。精進してくださいねー」

グッサリと何かが刺さったようで、バリーさんが引き攣る。連戦連敗どころか視界に入ったらゴミみたいな目でキリに見られている彼に、勝機はあるのか不明だ。

兎にも角にも、ジンさんたちを見送り、わたしは密かに温めていた計画を発動させた。

題して、ジンさんがいないうちに王都でお買い物計画。

望めばなんでも叶う食っちゃ寝生活で、心身共に元気になったのだが、想定外なことが起こった。贅肉(ぜいにく)がついたせいで、エール街で買ったお洋服が全滅した。お肉がついたのは、お腹だけじゃないよ。お胸にも少しは……、と思います（当社比）。身長だって伸びたのだ。お陰で、スカート丈は足首までの長さが普通のこの世界では、アウトな短さになってる。

ケープはだいぶ大きめだったから大丈夫だけど、あとは全滅。ウエスト（と多分胸も）が、入らないよぅ。可愛い服なのに。お気に入りなのに。まだあんまり着てないのにぃ。サンドお爺ちゃん曰く、回復魔法に頼らず、ご飯をモリモリ食べて、ちゃんと寝ているから、身体が今までできなかった成長をしているんだとか。お爺ちゃん特製の薬湯も、良い仕事してるらしいですよ、激マズですが。

私の可愛いお洋服たちは、泣く泣く孤児院に寄付をしました。さようなら、わたしの可愛いお洋服たち。リサイクルですな。

まあ、王妃様たちから、これでもかとドレスをいたのだが、ドレスでは普段着にならない。わたしは気ままに街歩きがしたい！　それなのに、ドレスは目立つし動きにくい。

と、言うわけで、今日は城下でお買い物だぁー！　やった！　わーい！

ジンさんからは、元気になったら一緒にお買い物に行こうと言われていた。数カ所、雑貨屋さんや武器屋さんを見て回るぐらいなら、いいけどね。女の子のお洋服選びは、時間がかかるのよ。長くなる買い物には男子は厳禁。これ、前世の我が家の鉄則。

前世の椎奈にはクソ生意気な２つ下の弟がいた。ある年末、弟に車を出してもらい、母と弟とわたしで、年越し準備のための買い物に行った時。奴はスマホ片手にずっと早くしろ、まだかよ、どっちでも一緒だろ、を繰り返していた。その挙げ句、付き合ってらんねーと、あろうことか、母と私を置いて、先に帰ってしまったのだ。車に乗って、1人で。

車があるからといつも以上に大量に買い物をしていた私たちは、途方に暮れた。もしもこの買い物が、わたしと母のウキウキショッピングだったら、百歩譲ってその所業に耐えられたかもしれない。でもその時の買い物は、年越し&年始の準備。親戚が集まる我が家では必須の買い物だったのだ。当然のことだが、弟は激怒した母・ヨネ子に、半年間ご飯(激ウマ)を作ってもらえない刑に処された。飯なんか買えばいいだろうと憎まれ口を叩いていた弟だったが、この刑は大層堪えたようだ。実家暮らしでたまにバイトをするぐらいのぬくぬく温室育ちの大学生が、半年間もご飯なしは辛い。バイト代は全部食事代に消えるわ、外食もコンビニ食もすぐに飽きるわ、偏った食生活でお肌が荒れるわ、大変だったらしい。わたしは女神のごとく優しい姉だったので、弟を3カ月で許してやり、母に内緒でたまに、自分のオカズを分けてやった。母の怒りがようやく解けた時は、弟は泣いて喜んでいた。ご飯って大事だよね。

それ以来青木家では、時間がかかると分かっている買い物に、男子と行くのは厳禁となった。ちなみに父は、母の買い物には決して付いていかない。タクシーを使えとタクシー代を渡すか、買い物が終わる頃に車で迎えに行く。優しい父だよねと母に言ったら、ニヤリと怖い笑みで、最初が肝心よと低い声で言われた。父よ。昔、何をしでかしたんだ。

ジンさんは優しいから、お買い物が終わるまで、何時間でも待っていそうだが、私が待たせるのが気になるので嫌だ。ワガママといわれようが、待たせてるから！　と気にしながら買い物はしたくない！　気兼ねなく、のびのびと買い物がしたい！

キリは待たせてもいいのか？　と思いそうだが、わたし以上に服選びを楽しんでいるので、何時間でも一緒に行ける。買い物バチコイだ。やっぱりキリ、最高。

王妃様がくれた街歩き用ワンピースを着て、少し伸びた髪をキリに結ってもらい、準備万端！

今回のお出かけはちゃんと陛下、王妃様へ相談済み。陛下の侍従さんが護衛なしでは危険だと難色を示し、モリモリと護衛を手配しようとしていたが、わたしとキリに勝てる人がいるの？　と聞いたら、反論できなかった。分かってもらえてうれしい。

しかし、物理的には無敵でも、精神的にはまだまだ心配だと陛下に言われた。確かに。ハニートラップで５年間タダ働きをしていたから、そこは反論できませんよ。

という訳で、わたしとキリの精神的な護衛？　に、諜報（ちょうほう）員のラミスさんが付いてきてくれることになりました。

諜報員といえば、スパイ映画でお馴染みの、駆け引き上手の頭脳派。銃を片手にエスプリの利いた話術。カッコイイの代名詞。

そんな期待を胸に。初対面したのですが。

紹介されたのは、外見はおっとりした、可愛らしいお姉さんだった。蜂蜜色の髪と茶色の瞳。

見た目は大人し気な、人畜無害なタイプですね。

「諜報部のラミス・ガードックです。よろしくお願いしますね」

そう棒読みで言うラミスさんの目には、こちらを侮るような色。ふふふー。諜報部勤めなのに面倒臭そうな様子が丸分かり。感情が隠せてませんよ。ラミスさんの投げやりな様子に、キリの眉が一瞬、ピクリと反応したが、すぐに無表情に戻る。キリの方がクールビューティーな諜報員に向いていると思うの。

それにしても。一波乱、ありそうな人選だなー。

王都を走る馬車の中。非常に気まずい沈黙が続いております。

一応ね、わたしに向ける視線が冷たくてもさ、お忙しいであろう中、護衛をしてくれるというのだから、礼儀は尽くすべきだと思ったんだよ。だからラミスさんには、ちゃんとご挨拶したよ？　本日はお世話になります、よろしくお願いしますってね。

それで返ってきた答えが「急なことでしたので、至らない点もあると思いますが、ご容赦ください（いきなり護衛とか言われて迷惑なんですけど、この忙しい時に）」だった。イラッとした顔を隠しきれてなかったよ。ちなみに後半のセリフは、わたしの被害妄想です。

そんな態度最悪なラミスさんが同乗する馬車ではあったが。

王宮を出て、窓から街の景色が見え始めると、わたしはワクワクしっ放しだった。キリと、あれはなんのお店かな？　あれ可愛い！　と大はしゃぎしてた。だって、初めて来た時は素通りだったし。こっそり王宮に入ったから、街中はあまり見られなかったし。ようやく！　念願の！　お買い物＆観光なんだよ？　多少舞い上がっていても、許して欲しい。

しかしラミスさんはよっぽど面倒臭いのか、わたしの質問にも「あー？　なんの店ですかね？」「ちょっと平民の行くようなところは興味ないので……」と、つまらなそうに言うのみ。

楽しいショッピングのつもりだったので、完全に水を差された気分。時々鼻で笑ったり、これみよがしなため息を吐かれたり……。全然楽しくなーい。いらん、こんな護衛。精神的な護衛が、わたしの精神を削ってどうするんだ！

わたしに対する態度で、キリの警戒レベルも一気に跳ね上がる。キリは表面には出しませんよ。うちの子、できる子なので。ちゃんと張り付けたような笑みを、終始、浮かべていました。

陛下からラミスさんへは、わたしたちのことは、王妃様の遠縁の貴族家の娘で、王都から離れた領地から、初めて出てきたと説明されているはず。王都案内も仕事なのに、感じ悪いなぁ、この人。さて、どうしよう。素直に帰れ、って言っても、聞いてくれなさそう。

そうして行きの馬車の中は。わたしはラミスさんをどうやって排除するかを考え沈黙。キリは張り付いた笑みのまま沈黙。ラミスさんは明らかに面倒臭そうで、イラついて沈黙という、ギスギスした空間になってしまった。これみよがしなため息、やめてよー。

わたしはしばらく考えていたが、キリに耳打ちして、行き先を変えることにした。最初は侍女さんたちのオススメの服屋さんに行くつもりだったのに、クソー。

「ザイン商会にお願いします」

キリが御者さんに行き先を告げる。それを聞いたラミスさんが、馬鹿にしたような目を一瞬こちらに向けた。田舎貴族が、王都一の商会でお買い物ですか、お上りさんねぇ、という声が聞こえた気がした。被害妄想。

馬車がザイン商会に着いた。他のお店に比べて大きな建物。入口も上品かつ高級感が漂っている。一見さんお断り感が満載。前世は生まれも育ちも根っから庶民で、今世は小さな村と魔物しかいない森しか知らないわたしは、思わず尻込みしてしまった。初めて来たんだもん。入っていいのかなぁ。

「大丈夫ですよ、シーナ様。私も何度かこの商会を利用したことがありますので。それほど緊張なさることはありません」

ラミスさんが丁寧だが、馬鹿にしたように言う。貧乏人が背伸びして高級店に行こうとするからこうなるのよと、言いたげだ。被害妄想、再び。

「シーナ様。私が……」

キリが建物を見上げてポカンとしているわたしの代わりに、ドアを開けようと手を伸ばす。

しかしその手が届く前に、静かにドアが開いた。

「ようこそいらっしゃいました、ガードック様、シーナ様。お待ちしておりました」

ピシッと高級そうな服を着た店員さんが、ドアを開け深々とお辞儀をしてくれた。

「ご来店をいただき、光栄にございます。すぐに会長も参ります」

「あら、気が利くのね。ありがとう。こちらは初めての方なので、よろしくお願いするわ」

ラミスさんは店員さんとも顔見知りなのか、堂々としたもので、わたしとキリは彼女のあとを、静かに付いていく。

広めの応接室に通され、しばし待たされたのち、商会長がやってきた。

「お待たせしました。わたくしが商会長のナジル・ザインでございます」

30代前半ぐらいの、穏やかな雰囲気のお兄さんが、ニコニコと微笑みながら挨拶してくれた。

「初めまして、ザインお爺ちゃんの長男さん」

「本日は王妃様のご紹介とか……。我が商会をご利用いただき、ありがとうございます」

ナジルさんが伝令魔法でお願いした通りの設定で、口裏を合わせてくれる。馬車の中で頑張ってお手紙を書いた甲斐がありました。字がガタガタにならなくて良かった。

「一度、こちらの商会でお買い物するのが、夢だったんです！」

わたしは両手を胸の前で組み、わざとらしく感激したように話す。嘘です、本当はもうちょっとチープなお店が好みです。

「ガードック様もご無沙汰しておりました。また御来店いただきありがとうございます」

「いいえ、本日はお願いしますね。あまり王都に慣れていない方たちなので」

ラミスさんはため息を吐きながら、やれやれといった表情。はいはい、田舎者の相手は大変なんですよね、お疲れ様です。

「本日はごゆっくりお買い物いただけますよう、当商会でも専門の案内人をご用意いたしました。よろしければ、王都の観光や他の商会にもご案内させましょう。我が商会で取扱いのないものも、いくつかございますので」

ナジルさんが側に控えていた女性に合図をする。ニコニコ笑顔が可愛い店員さんが、ペコリと頭を下げた。

「ローナと申します。本日はよろしくお願いします」

「シーナ様とお年も近いため、お役に立つかと思います」

微笑んだまま、ナジルさんがラミスさんに向き直った。

「ガードック様は大変お忙しいことと存じますので、もしよろしければ、シーナ様のご案内は、当商会でお引き受けいたしましょう」

表面的には親切そうに、内心は田舎者のお守りは大変ですね感を出しながら、ナジルさんは意味ありげにラミスさんに目配せする。途端に、ラミスさんが満面の笑みを浮かべた。

「あら！　ナジル会長からご紹介いただける方なら、私などより王都に詳しい方なのでしょうね」

「ガードック様に比べれば未熟でございますが、ご満足いただけますよう、精一杯務めさせていただきます」

「まあ、ありがたいわ。シーナ様、申し訳ありません。私このあと、仕事に戻らなければなりませんので」

ラミスさんが表面的には申し訳なさそうに、しかし嬉しさは隠しきれずに、頷いている。

「まぁ、お忙しいところ申し訳ありません。どうぞお仕事にお戻りになって」

わたしが申し訳なさそうに言うと、ラミスさんは挨拶もそこそこ、ザイン商会をあとにした。

「っはー。やっと帰った！」

ソファにダラリと行儀悪くもたれていると、テーブルに山盛りフルーツの皿や、宝石のような小さな焼き菓子を乗せた皿、香り良いお茶が出される。うん、美味しそう。お行儀はキリにメッされたので、すぐにシャキッと、座り直しましたよ。

「大変でしたね」

クスクス笑いながら、ナジルさんがそう言って慰めてくれた。

「伝令魔法でいきなり、案内人を上手く帰したいから、お芝居をお願いしますと言われて、驚きましたよ。父から聞いていた通り、突飛なことを思い付かれる」

「初対面にもかかわらず、無茶なお願いをして、申し訳ありません」

わたしは深々と頭を下げて謝った。ナジルさんとは、伝令魔法では何度か取引のことでやりとりしているとはいえ、さすがに無茶振りだったと思います。反省。

「とんでもないです。カイラット街には私の弟一家と大事な従業員がいるのです。カイラット街の恩人のお役に立てたのなら光栄ですよ。それに私も、お芝居を楽しませていただきました」

茶目っ気タップリにウィンクするナジル会長。年上だが、なんだか可愛いな。

初めて会うナジル会長は、ザインお爺ちゃんにはあまり似てなかった。お母さん似なのかな。柔らかな顔立ちの優しそうな人だ。

ザインお爺ちゃんはナジル会長のことを、まだまだ尻は青いがあと数年したらワシみたいに大商人になるぞい！　と自慢していた。早くいいお嫁さん来ないかのーと、心配もしていたけど。まだ独身&彼女なしなんだって。モテそうなのにねぇ。

「ガードック様、帰ったら怒られるでしょうねぇ。戻ってくるかもしれませんから、早めに移動した方がよろしいですよ。ローナに案内させますので、観光を楽しんでいらしてください」

「え？　でも、ザイン商会でもお買い物……」

さ、さすがにここまでお世話になっておいて、何も買わないのは、気が引けます。

「シーナ様はもう少し気楽な店の方がお好きでしょう？　お城の侍女さんたちオススメのお店もお気になさっておいでですし。ウチでのお買い物は、ジンクレット殿下（お財布）が帰っていらしたら、一緒にいらしてください」

ナジル会長の笑顔が黒い。王族をお財布って言いきってる！　そして庶民なわたしがバレているし、なんで侍女さんたちオススメのお店のことを知っているの？

なんたる情報通。ラミスさんよりよっぽど諜報向きだよ、ナジル会長。

「シーナ様！　今日は沢山、楽しいところにご案内しますね！」

ローナさんがきゅっとわたしの両手を握って、ニコニコ言ってくれます。実は彼女とは顔見知り。ローナさんはカイラット街のザイン商会で働いていたのを、お爺ちゃんが気に入って王都に引っ張って来ちゃった人。明るくて可愛くてバイタリティに溢れ、仕事もできてセンスもいい！　今日の案内人にピッタリ！　カイラット街で、わたしやキリともすぐに仲良くなった。だってすごい頼りになる可愛いお姉さんなんだもん、大好き。

そう思っているのは、わたしやキリだけじゃなさそうだわー。ナジル会長のローナさんを見る目が、なんとなく、ねぇ。

「ローナさん。王都で素敵な出会いはありましたか？」

カイラット街で恋バナもしたので、ローナさんにワザと聞いてみる。あの時は「恋人？　ナイナイ」って言ってたけど……。

「まだこっちに来たばかりで、仕事を覚えるので精一杯ですもの。王都の他のお店にも、ようやく顔が繋げるようになったばかりだし！　今は仕事よ！　恋はまだまだ！」

「そーなんだー」

チラッと見ると、ナジル会長はあからさまにガッカリしていた。全く意識されてないもんね。頑張れ。わたしと目が合って、ニヤリと笑うところをみると、諦める様子はないみたい。時間の問題か。お買い物も楽しみだけど、恋が進展するかも楽しみだ。

わーい！　今日は根掘り葉掘り、聞いちゃうぞー！

＊＊＊＊

「今、なんと仰いました？　長官」

私、ラミス・ガードックは不快な顔を隠しもせずに、諜報部の長官である父を、睨み付けた。

「何度も同じことを言わせるな、ラミス。明日、王妃様の遠縁のお嬢様が、王都観光をされる。

その護衛をしろ」

ぎゅっとこぶしを握りしめる。あまりの屈辱に身体が震えた。

「私は諜報部の諜報員です！　何故そんなことをしなくてはならないのですか！」

「それが陛下のご命令だからだ。女性をご指名だ。お前が適任だろう」

冷酷な父の目を見返す。私に一欠片の期待も持っていないのが、よく分かった。

「陛下からは大事なご令嬢だと伺っている。失礼のないように、お相手をいたせ」

父は、話は終わりとばかりに背を向けた。いつもと同じだ。何を訴えたところで、父が下した結論は変わらないだろう。

ガードック子爵家の次女として生まれた私は、できの良い兄と美しく可憐な姉と、常に比べられてきた。頭のできは兄より良いのに、女というだけで認められず、両親からはずっと男に媚びるしか能のない姉を見習い、有力貴族に嫁げるよう努力せよと言われてきた。

そんな両親に反発し、貴族の子女が通う学園を上位の成績で卒業し、そのまま父が長官を務める諜報部へ就職した。実力があれば誰もが受けられる王宮の採用試験に合格したのだ。先進的なマリタ王国では、女性の仕官も珍しくない。これでわたしもようやく、両親に認めてもらえると思っていた。

しかし働き始めた私は、すぐに落胆することになった。私の才能に嫉妬した同僚たちには存在を無視され、上司には雑用ばかり押し付けられる。もしかしたら、早く私を嫁がせたい父が、上司や同僚に指示して、圧力をかけているのかもしれない。同じく諜報部に勤める兄からも、お前はこの仕事に向いていないと言われる始末だ。

今回の仕事も、諜報部の仕事とはとても思えないものだ。私は他国に潜入しての情報収集や、犯罪組織の調査といった、華やかな仕事がしたいのに！

執務室に戻り、腹立ち紛れに準備をする。明日の朝から田舎貴族のお守りだ。馬鹿らしい。何故私がこんなことをしなくてはならないのか。

「ラミス先輩？　どうかなさったんですか？」

私があまりに雑に準備をしていたせいか、後輩のピートが話しかけてきた。ピートは平民ではあるが、私の能力を認めてくれている唯一の同僚であり、可愛い後輩である。

痩型で背が高く、癖の強い黒髪と糸のような細い目の男で、私と話す時はいつも真っ赤になる。ハッキリと言われたことはないが、私に好意を寄せているのが丸分かりだ。くすぐったいような気持ちになるが、相手は平民。身分の差もあるし、男としての魅力は感じないので、知らない振りをしている。

私に相応しい相手は、身分も高く、美しく優雅で勇敢で……。例えば、そう、ジンクレット殿下のような方だ。王族で唯一お相手が決まっていない、氷の王子。女性に求めるレベルが高く、並の令嬢では口も利いてくれないとか。私なら、身分は子爵と少し足りないかもしれないが、顔立ちも整っているし、マナーも完璧。何よりも優秀だ。王族に名を連ねるのに不足はないはず。ジンクレット殿下も、私のことを知りさえすればきっと、興味を持たれるはず。今はまだ出会う機会がないだけだ。

「どうしたもこうしたもないわよ。長官に、田舎の下級貴族の娘の王都見学に同行しろと言われたのよ。どこが諜報部の仕事なのよ、馬鹿にしてるわ」

イライラしてピートに八つ当たりをする。ピートは糸目を見開き、驚いた様子だった。

「そんな！　ラミス先輩にそんな仕事をさせるんですか？　全く先輩の能力を理解していないですね。優秀な先輩に、そんなことをやらせるだなんて」

「そうなのよ、ピート。本当にここの上司は無能だわ。全く私のことを活かしきれてないのよ。きっと私の能力に嫉妬しているんだわ」

ピートはため息を吐いた。

「本当ですね。こんなに素晴らしい先輩に、田舎者の相手をさせるなんて。そんなこと先輩にやらせるわけには！　ボクが代わりましょうか？」

私に褒められるかもと、期待を込めた目を向けるピート。しかし私は首を振った。

「それが、女性をご指名なのよ。貴方に代わってもらうのは無理だわ」

私がそう言うと、ピートはあからさまにガックリと肩を落とした。

「そうですか、先輩のお役に立てないなんて残念です。ボク、なんでもお手伝いしますから、何かあったら絶対にボクに言ってくださいね！」

本当に可愛い後輩だ。私はくすっと笑った。

「その時はお願いするわね。いつもありがとう、ピート」

ちょっと微笑んだだけで、ピートは顔を赤くして俯いている。純情ね。

ピートとの会話でちょっとだけ気分が浮上した。私は明日の忌々しい仕事に備え、いつもより早めに自宅に戻った。


翌日、私は王妃様の遠縁の娘、シーナとかいう娘に会った。銀髪の混血の侍女から紹介を受けたが、家名は教えてもらえなかった。名乗るのも恥ずかしいような田舎貴族なのだろう。

シーナは成人していると聞いていたが、小柄な子どもにしか見えなかった。茶色の髪と黒い瞳の、可愛らしくはあるが、どこか田舎臭さが抜けない娘だ。お付きの侍女も、一言も喋らず陰気。帯剣しているので、護衛も兼ねているようだ。護衛と侍女を別々に付けられないとは、貧乏貴族なのだろう。

シーナと侍女は私に媚びるようにアレコレ聞いてくるが、どれもこれもくだらない質問だった。お前の相手なんてする気はないと、ハッキリ態度に出してやると、次第に大人しく馬車から景色を見るだけになり、馬車に静けさが戻った。はぁー、鬱陶しかったわ。

それでもこの下らない仕事はまだまだ続く。ため息しかでないわ、ほんとに。

侍女が御者に向かって突然行き先の変更を告げた。王都一の規模を誇るザイン商会だ。まあ、田舎貴族が見栄張っちゃって。ザイン商会に着くと、店員が丁寧に頭を下げてくる。何度か利用したことがあるけど、今日は殊更、対応がいいわ。田舎貴族が尊敬と羨望の眼差しを向けてくる。悪くないわね。

商会長まで挨拶にやってきたわ。しかも私のために、田舎貴族の案内人を用意してくれた。ナジル会長の意味ありげな視線。あら、ここにも私の信奉者がいるのね。でも、いくら豪商といえども平民では、私に相応しくないわ。

でも、ナジル会長のお陰で、碌でもない仕事から解放されたわ。上機嫌で諜報部へ戻ると、何やら書類仕事をしていたピートが、驚いた様子で話しかけてきた。

「ラミス先輩？　今日は王都案内の仕事ではありませんでしたか？」

私はピートに意気揚々と事情を話した。ナジル会長が私に気があるらしいことも匂わせると、ピートがちょっと嫌な顔をした。しかしすぐに笑顔を見せる。

「良かったですね、ラミス先輩。くだらない仕事から解放されて」

「そうね。それじゃあ私は他の仕事をしようかしら。何かある？」

「今はカイラット街の報告書を纏めているところです」

「あぁ、あの。荒唐無稽（こうとうむけい）な話よね。Ｓ級、Ａ級レベルの魔物が複数体出現なんてねぇ。そんなの、たった10小隊で討伐できるはずがないじゃない。大袈裟に話が伝わっているんでしょ」

私はピートの隣の席に座り、書類を覗き込む。

机の上には、他の報告書も山積みになっている。数時間留守にしただけで、こんなにつまらない書類仕事が溜まってしまった。うんざりした気持ちになる。

「それが……。複数の証言、騎士団からの報告、そして確かに、カイラット街の冒険者ギルドに大量の魔物の素材が出回ってるんです。あながち大袈裟とも言えなくて……。もう一度調査に行ってもらった方がいいかも」

ピートが癖の強い黒髪を、困惑したように掻き回す。彼も報告書をまとめているだけで、現場を見ているわけではない。新人の仕事は基本、先輩の調査内容を書類にまとめることなのだ。

「あら？　でもこれを見て。確かに素材は出回ってるけど、魔石はないわ。それに複数体出現したっていう高レベルの魔物の素材は、ないじゃない。やっぱりデマよ」

「あっ……。本当だ。でも大量の魔物の素材や騎士団の報告は……」

「魔物の襲撃があったのは本当なのかもね。複数体の魔物の襲撃があったが、高レベルの魔物の出現については確認できず、でいいんじゃない？　別に再調査なんて必要ないでしょ」

私は面倒になって、そうピートに言った。いちいち細かく考えなくても、適当にやればいいのよ。他にも仕事は山積みになっているんだから。

「……そうですね！　先輩がそう仰るなら！　やっぱり先輩はすごいなぁ！」

ピートは私に称賛の声を上げた。

本当に素直で可愛い後輩だわ。私は気分良く次の書類に取り掛かった。

＊＊＊＊＊

ラミスさんに帰っていただいてすぐ、アラン殿下に経緯と愚痴を伝令魔法で送った。すぐにイヤーカフに連絡が入り、店から店への移動は馬車で移動。護衛のキリと絶対離れない、ローナさんの案内する店以外は行かない、夕方までには帰る、を条件に、お買い物は続行許可が出た。いやっほぅ！　しかし観光は、また態勢を整えてからとなりました。残念だけど、馬車からの風景だけでも、十分楽しいからよしとしよう。

「諜報部のラミス・ガードックか。使えんなぁ」と、アラン殿下が低い声で呟いていたのが怖かった。成仏してくれ、ラミスさん。

嫌なことは忘れて、わたしとキリとローナさんは、お買い物を楽しんだ。侍女さんたちオススメの服屋さんは、お手頃価格で可愛い服が沢山あった。下級貴族や富裕層の平民などがターゲットらしい。ドレスもあるけど、部屋着や街歩き用のワンピースなどがメイン。そのお店で、採寸してもらったらビックリ。サイズが大分変わっていた。背も少し伸びて、女性らしい身体付きになってきているような？　お胸も気のせいではない、成長の兆しが！　やったね！

わたしの採寸を見守っていたキリの目に涙が。いつの間にか、こんなに大きくなってと、お母さんみたい。ううう、心配かけてごめんね。

「シーナ様はこれからも成長なさると思いますので、すこし緩めのサイズにしましょう。胸元や腰周りは調整が利くようにして……」

ローナさんとデザイナーさんがワンピースをわたしの身体に当てながら、綿密に打ち合わせ。頼りになるお姉さんです。

エール街以上にお洋服を買い、雑貨屋さんに行き、ちょっと休憩で可愛らしい焼き菓子屋さんに入った。うふふー。甘いもの。

「いっぱい買ったね。キリの服も買えてよかった」

「シーナ様、ありがとうございます」

キリはエール街で買った服もまだ着られるけど、買っちゃった。もったいない！　と遠慮されたけど、キリに似合いそうだったんだもん。

「次は観光もしようね」

ちょっと早いけど、オヤツを食べたら王宮に戻ることになっている。病み上がりのせいか、わたしが少し疲れちゃったのだ。回復魔法の使用を、サンドお爺ちゃんにまだ禁止されているので、こっそり回復もできない。不便。

「お嬢さんたち〜。可愛いお洋服は買えたかなー」

その時、チャラそうな声と共に、わたしたちの席に無理やりテーブルをくっつけてきた輩がいた。マリタ王国騎士団の服を、ダラシなく着崩した3人組が、ヘラヘラ笑いながらわたしたちに話しかけてくる。

「さっきの店で見かけて、可愛いなーって思ってついてきちゃった。脅かしてゴメンね」

3人の中では一番イケメン風の男が、ウィンクする。ヤメレ、下手くそ。ナジル会長を見習え。30歳過ぎて、あんなに可愛いウィンクをするんだぞ。他の2人はニコニコしてるが無言。キッチリ隊服を着たら、それなりに格好いいのに何故着崩す。「規律も破っちゃうよオレ、アウトローだから」気取りか。痛い中学生か。

さっきまで可愛いキリとローナさんと楽しく過ごしていたのに、台無しだ。他人のテーブルの焼き菓子を、勝手に摘むな、狼藉者が。

「お嬢さんたち、王都に遊びに来たの？　俺たち生まれも育ちも王都だよ！　いいお店知っているから、案内してあげるよ」

指についた焼き菓子の欠片を舐めながら、男が言う。行儀悪いなー。

その時、鑑定魔法さんがピコーンと警告を出した。この人たちについて行っちゃダメ、絶対とな？

なんでだろう、確かに痛い３人組だけど、タダのナンパだ。しかもマリタ王国騎士団の騎士。鑑定魔法さんが警告を出すほど、危ないのかな？

「もう帰るところですので。参りましょう」

キリがわたしとローナさんを促す。キリに比べたらかなり弱そうな男たちだけど、警戒は緩めない。優秀な護衛だからね、キリは。

「そんなこと言わないでよ。もうちょっとだけ遊ぼうよー」

立ち上がり、会計を済ませたわたしたちを追って、男たちはついてくる。馬車は少し離れたところにある。

「停留場まで行くの？　じゃあ俺たちが送ってあげるよ」

「結構です」

キリがわたしたちをガードしながら、男たちを睨む。３人の大柄な男たちに囲まれ、通行人からの視線が遮られている。

男たちが迫ってくるので、わたしたちは避けるために移動していたんだけど、どんどん人気のない方に誘導される。本当はワザと誘導されたフリをしていたんだけどね。人目につくと、こっちも面倒だしねぇ。その辺は男たちと利害は一致しているのだ。

「まあまあ、そんなに警戒しないで。この時間に街馬車なんて、捕まらないよ？　これでもマリタ王国騎士団の一員なんだから、少しは信用してよ」

ピコーン！　また、鑑定魔法さんの警告。あらー。さっきより強め。こいつら悪いヤツだな。

わたしはこっそり伝令魔法をアラン殿下に飛ばす。助けを求めるものじゃない。やっちゃうよー、と言う報告ですな。アラン殿下から、慌てたように「すぐ行く！」とお返事がきた。待ってまーす！

「どちらの隊の所属でしょうか？」

それまで黙っていたローナさんが、男たちを見据えて口を開いた。

「えっ？」

「騎士団には、第1から第5部隊まであり、それぞれに3つの部があり、さらにその下に30の小部隊があります。どの部隊の所属です？　小隊長と副長のお名前を仰ってください」

ふぉっ、そんなにあるの？　ローナさん、物知りだね。王都に来たの、最近だよね？

「あなた方の隊服……。マリタ王国から支給されている隊服と、襟の形と袖の形が少し違います。生地の質感も少し……。本当に騎士団の制服ですか？」

「ちっ！　おいっ！　連れていくぞ！」

ローナさんの言葉に、笑みを浮かべていた男たちの様子が一変する。イケメン風の男の合図で、他の2人がキリとローナさんに襲いかかる。イケメン風はわたしに手を伸ばしてきた。

しかしその手が届く前に、イケメン風は突然地面にあいた、大穴に落ちていった。他の2人も同様です。突然足元がなくなると、人間って真っ直ぐ、落ちていくんだね。3人とも、驚いた顔のまま、ひゅんって落ちていったよ。

深さは大人2人分ぐらい。3人それぞれ個別の深い縦穴に落としたから、上から見ると3つの穴がトライアングル状にあいているように見える。

「シ、シーナ様？　大丈夫ですか？」

ローナさんがわたしの側に寄ってくる。穴に落ちないように怖々と覗き込んだ。

「ローナさんありがとう。こいつら偽騎士なのかな？」

連れていけって言ってたから、人攫いだと思うんだけど。

しかし淡々と奴らを追い詰めるローナさん、格好良かった。まるで名探偵みたいだったよ。でも怖かったよね、少し青ざめてるし。

「多分……、そうだと思います。規律の厳しいマリタ王国騎士団の騎士とは、到底、思えません。あのダサい着こなし」

ダサいのか、やっぱり。異世界でもあの痛さは、通じるみたい。

「こ奴ら、どうしましょう。火魔法で、上から炙りましょうか」

キリが冷酷な顔で呟く。エグい発想だね、怒っているね、キリさん。

「でもどうして急に穴が？」

「土魔法で地面に穴を掘ったの」

「ああ、シーナ様の魔法……」

その一言で、全て納得するあたりがカイラット街出身だよね、ローナさん。あの街の人たち、わたしの魔法は万能だと思っているからなー。

「おい！　ここから出せ！　ふざけんな！　俺たちは王国騎士団だぞ！」

「お前ら捕まって、処罰されるぞ！」

男たちは穴からギャーギャーと叫んでいる。

「うるさいから、埋めようかな」

そう言って、わたしは水魔法を発動させる。男たちの足元からユックリと水が迫り上がってきているはずだ。

「ギャー！　水、水がぁ！」

上からは土魔法で土をドバドバーっと。

「ギャー！　埋まっちまう！　助けてー！」

「母ちゃーん！」

母ちゃんは、悪い子は許さないと思うけど。

のんびり聞いてみる。その間に水は迫り、土は降り続いていく。

「貴方たち、何が目的だったのー？」

「やめて！　水を止めろー！」

「ぺっぺっぺっ！　口に土が！　やめてくれー！　埋めないでぇ」

パニックになっている男たちには、わたしの声が聞こえないようだ。仕方なく、わたしは水魔法と土魔法の速度を緩め、ゆっくり男たちを埋める。その間に、アラン殿下の到着を待つことにした。早く来ないと埋まるぞー。


「シーナ殿……」

夏の庭でアリの行列を観察する子どもみたいに、ジッと穴の中を見ていたわたしに、アラン殿下が呆れた声をかけた。

一心に無言で見つめていたせいか、最初はギャーギャーと騒いでいた男たちは、次第に静かになり、怯えて泣き出し始めた。なので、何が目的だったのか再度聞いてみた。

男たちはいわゆる遊び人で、女衒(げせん)モドキだった。もちろん本物の騎士ではない。隊服はローナさんが見抜いた通り偽物で、わざわざ特注で作らせたものらしい。

3人の男たちは、騎士のふりをしてお嬢さん方に話しかけ、攫ったり襲ったりしていたらしい。相手が下級貴族のお嬢さんなどであれば、襲ったあとは解放、田舎から出てきた平民の娘などは娼館に売っているらしい。相手が騎士だと思い込んで、お嬢さん方はアッサリ騙されちゃうみたいだね。貴族の娘さんなどは外聞を気にして口外しないことをいいことに、襲われたことをバラされたくなければと、お金を要求……。外道だった。

思わず男たちを、頭まで水と土で埋めたら、慌てたアラン殿下に止められた。

「こ奴らは私が責任をもって処罰する」

怒りで震えるわたしを、アラン殿下が宥める。うん、落ち着こう。こういう奴らを滅ぼすために、平常心って大事だ。

それよりもだ。

「アラン殿下。こいつら、ちょっと気になることを、言ってたんだけど」

わたしの説明を聞いて、アラン殿下が顔色を変えた。

王宮に戻ったあと、わたしとアラン殿下、キリは諜報部に向かった。ローナさんはザイン商会に帰したよ。伝令魔法でナジル会長には経緯を説明しておいたので、無事に帰ってきたローナさんを、ナジル会長がギュウギュウ抱き締めていた。真っ赤な顔で慌てるローナさんを、生温かく見守った。頑張れ、ローナさん。ナジル会長は、多分しつこいぞ。

あの男たちは、アラン殿下が連れてきた騎士たちに連行されていった。騎士たちの男たちを見る目は厳しかった。視線だけで射殺しそう。無理もない、騎士を装って女性に狼藉を働いていたのだ。騎士の誇りを穢す輩を、彼らが許すはずもない。

諜報部に着いて、アラン殿下は長官であるガードック子爵を呼び出した。ガードック子爵は50代ぐらいの、眼光鋭い渋オジだった。

「アラン殿下、急なお召し、何事でしょうか」

ガードック子爵は、アラン殿下を見て目を丸くしている。そうだろうね、王族の呼び出しって、心臓に悪いよね。その上、見知らぬ女性連れだもんね。

久々のお出掛けですっかり体力を使い果たしたわたしは、心配したアラン殿下に部屋に戻って休むように言われたけど、断固拒否した。今回の結末を見届けずに帰ったら、休むどころじゃないもの。意地でも付いていこうとするわたしにアラン殿下が折れ、渋々連れてきてくれた。

「ガードック子爵。今日は陛下より、王妃様の遠縁の令嬢の、王都案内の護衛を命じられたと思うが」

「はい。ウチの者に護衛を命じましたが、何か不作法がございましたか？」

不思議そうに、ガードック子爵が訊ねる。

「不作法か。それで済めばいいが。その者は最初から令嬢に無礼な態度を取り続け、見かねたザイン商会が使用人に案内をさせようかと提案したところ、喜んで帰ってしまったそうだぞ」

「はっ？」

ガードック子爵の顔が強張る。信じられないといった表情だが、真実ですよー。誘導はしたが決めたのは、ラミスさんだしね。別にわたしはラミスさんが帰ったことには怒ってはいない。何事もなければ、アラン殿下にチクって終わりのつもりだったしね。

「しかも令嬢は王都観光の途中、騎士を装ったならず者たちに襲われた。怪我はなかったが、王家預かりの大事な令嬢が襲われたのだ。どういう意味か、分かるな？」

ガードック子爵の顔が青くなる。王族の縁者を危険にさらしたのだ。責任問題ですね。

しかし長官の名前がガードック子爵かぁ。ラミスさんの姓も確か同じガードック。もしかして身内かなぁ。

「殿下がお連れになった令嬢は、もしかして……」

「そうだ、こちらはシーナ殿。彼女の名を知らぬとは言わんだろう。陛下はお前に、彼女を必ず、お守りせよと命じたはずだが？」

冷酷なアラン殿下の言葉に、ガードック子爵は声もなく頷く。諜報部長官なら、わたしの本当の素性も、知っているよね。

「申し訳ありません！　陛下のご命令の令嬢が、まさか、まさか聖女様とは思いもせずっ！」

「陛下もシーナ殿の身元がバレて騒ぎになるのを心配されたために、あえてお前にも身元は伏せておられたのだが。これがシーナ殿でなかったら、無事では済まなかったかもしれん。お前はどういうつもりで、部下に仕事をさせているのだ。途中で適当に放り出してもよいと命じているのか」

「とんでもないです！　ラミスをすぐに連れて参ります！」

鬼の形相のガードック子爵が、慌てて部屋を飛び出そうとするが、アラン殿下が止める。

「待て、ガードック。お前が諜報部の無能さを晒したことについては、あとで詮議（せんぎ）する。そんなことよりも、気になることがある」

「はっ！」

ガードック子爵はアラン殿下の元に戻り、跪く。顔は青いままで、今にも倒れそうだ。

「今回のシーナ殿の王都観光を知る者をここに集めよ。詮議したいことがある」

真っ青なラミスさん、同じく真っ青なラミスさんのお兄さんのルイさん、それからラミスさんと同じ部署で働く人たちが、一部屋に集められた。

みんな、アラン殿下がいることに驚き、わたしとキリの存在にざわざわしている。ヒソヒソと誰だ？　という声が、ここまで聞こえてますよー。

ラミスさんは真っ青な顔のまま、わたしを睨み付ける。うむ、安定の嫌な感じ。

多分彼女はわたしの護衛を勝手に降りたことを怒られると思ってるんだろうなー。怒らないよ、わたしがそう仕向けたんだから。チクったけど。

「仕事中、集まってもらって悪かったな」

冷ややかな声でアラン殿下が全員を睥睨する。王族バージョンのアラン殿下は久々なので、新鮮です。普段は気のいいお兄さんなので、怖さは倍増だ。

「こちらの令嬢が、王都の観光をしていたところ、偽騎士3名に襲われそうになった。護衛のお陰で難を逃れたが、捕縛した偽騎士たちから、信じ難い証言を得た」

ザワザワと部屋の中が騒がしくなる。チラチラとラミスさんに、視線が向かう。みんな、案内の仕事が誰に割り振られたのか、知っているのだろう。ラミスさんは真っ青を通り越して真っ白な顔になっている。

「偽騎士たちは、王宮に勤める者から、王都に不慣れな下級貴族の令嬢の情報を得たと、証言した。偽騎士たちはこれまでに何度もこの手の情報を手に入れ、令嬢たちを襲っていた。その情報の見返りに、その情報提供者に金銭を渡したと言っている。あいにくと、フードを深く被ってぼそぼそと喋っていたので、顔も名前も性別も分からないらしいがな」

アラン殿下がギラリとみんなを睨みつける。

「それだけじゃない。その者を通じて、他にも騎士団の情報を得ていたと。警備部の警備ルートや、内部情報もだ！」

ザワザワと騒めく声が大きくなる。そして周りのラミスさんを見る目が、冷たさと厳しさを深めていく。周りの様子に気づいたのか、ラミスさんは激しく首を振って、否定している。

「ラミス・ガードック」

アラン殿下はギロリとラミスさんを睨む。その声には、一片の温かみもない。

「お前は今日、令嬢の護衛の任務を受けたな？　それを途中で放棄し、令嬢と侍女を放置した」

ラミスさんが狼狽え、さらに激しく首を振る。身体がガクガクと震えて、今にも倒れそうだ。

「違う！　私は、違います！　情報を漏らしてなど！」

「黙れ！　ならば何故、仕事を放棄した！　そのあとすぐに、令嬢は襲われたんだ！　これが偶然だとでも言うつもりか！」

ビリビリとアラン殿下の声が響く。ラミスさんの顔が涙でグチャグチャだ。わたしもアラン殿下の側にいたから、その恐ろしさは分かる。大きな声で耳が痛い。

「お、恐れながら、申し上げます」

ラミスさんのお兄さんのルイさんが、青白い顔で進み出る。

「妹は、ラミスは確かに、不真面目で諜報員たる資格のない娘でありますが、情報を売るような不実な真似は、決して！」

「諜報員たる資格のない者を、何故ここに出入りさせる！　身内だからと甘やかした結果がこれか！」

ルイさんの言葉は、アラン殿下を余計怒らせる結果となった。当たり前だ。しかし、兄にまで不真面目で資格なしって言われるとは……。ラミスさん、なかなかすごいな。

「ラミス・ガードックを国家反逆罪、情報漏洩の疑いで捕縛する！」

アラン殿下の言葉に、騎士たちが剣を抜いてラミスさんに迫る。ラミスさんは違う違うと床にへたり込んで泣き出し、駄々っ子のように足をバタバタさせて騎士たちに抵抗している。ガードック長官は深く項垂(うなだ)れているし、ルイさんは違いますと抗議を続ける。

阿鼻叫喚(あびきょうかん)の様子に、わたしはため息を吐いた。

お灸(きゅう)を据えるのはこれぐらいにするかー。早く部屋に帰りたいしね。

「アラン殿下。ラミスさんじゃないよ、犯人」

わたしがそう言うと、部屋の中がシンと静まった。

「うん？　シーナ殿、違うのか？」

アラン殿下がキョトンとしている。あ、いつもの気の良いお兄さんに戻った。王族モードのアラン殿下はちょっと怖いので、ホッとしました。

「しかしラミスは、君の護衛を途中で放棄している。その直後に襲われたのは偶然とは思えない」

「偶然じゃないよ、多分。ラミスさんが護衛を放棄したのを知ったから、あの偽騎士たちは襲いにきたんだよ」

「だからラミスが情報を流したんじゃないのか？　それにラミスは終始、君を侮った態度をとっていたんだろう？」

「それは単に、ラミスさんの性格が悪いだけだよ。自分より下だと思った相手は、トコトン見下さないと気がすまない残念な人なんだよ」

わたしの言葉に、アラン殿下が頬を引きつらせる。

「なかなか辛辣だな、シーナ殿」

「本当のことを言っているだけだよ。でもどんなに救いようのない酷い性格で、みんなに嫌われているのに気づきもしないで、自分は特別だとか思ってる痛い人でも、冤罪はダメだよ」

わたしの言葉に周りの人たちは我慢をしていたけど、段々と堪えきれなくなったのか、クスクスと笑い出した。大分思い当たることがあるらしい。チラチラとラミスさんを見ては、クスクス。ラミスさんの顔が、今度は真っ赤になる。よく色が変わるなー。

「なっ、わ、私のどこが、痛い人なのよ」

「なんでわたしがこんなことしなくちゃなんないのよって、ブツブツ言ってましたよね。そういうタイプって、自分に才能があると自惚れてることが多いんですよ。自分は選ばれた人間だとか、こんなところにいる器じゃないとか、周りは自分を理解しないとか、思っているんです」

前世の職場の元上司がそんな人で、ある日勝手に、自分に相応しい仕事をするって、黙って退職しやがった。その後、残された人間でヤツの仕事を引き継いだんだけど、最悪だったよ。

俺に任せておけって、引き受けていた仕事は手つかず。やっていても意味が分らん仕上り。ヤツの汚い机から、書類を探し、よく分からんフォルダ分けをされた、ぐちゃぐちゃのパソコンからデータを探し、汚い字の、ほとんど暗号みたいな書類を解読して、全ての仕事を課内の全員に割り振ってこなし。とにかく、大変だった。

ちなみに元上司はその後、転職したのはいいけど、横領をやらかして逆ギレして上司を殴ってクビになり、援交して捕まり、奥さんに離婚され子どもに見放され家をなくして公園生活デビューを飾ったと、知り合いの知り合いの知り合いから聞いた。ドラマのような転落人生だな。

「んなっ、し、失礼な！　私は学園を優秀な成績で卒業し、望まれて諜報部に入ったのよ！　私のどこが自惚れているっていうのよ！」

「学校のお勉強ができるからって、仕事ができるとは限らないでしょ」

いつまでも学生時代の経歴にすがるな。社会人は仕事ができて評価されるんだ。

「アラン殿下。わたし、がっかり」

「え？　ど、どうした？　シーナ殿」

「だってさ、国の諜報部だよ？　国同士の情報戦とかが専門の部署だよね？　わたし、ちょっと期待していたんだよ？　陛下から護衛は諜報部の人って聞いて、すごい人と会えると思ってたんだよ。それが、蓋を開けてみたら、ただ人を見下すのが好きな、性格が悪いだけのラミスさんが護衛だったんだよ」

わたしの諜報部に対する（勝手な）憧れを返して欲しい。初諜報員が、こんなポンコツだなんて酷すぎる。ナイスバディでクールビューティーな女スパイはどこにいったの！

「護衛をするのに対象の下調べもしていない。勝手な思い込みで見下し、仕事なのに手を抜く。その上、わたしの誘導でまんまと護衛の仕事を放棄しちゃう。5年もハニートラップで搾取さ

れていた、アホのわたしにすら操られる諜報員って……。残念を通り越して、マリタ王国って大丈夫かなぁって心配になったよ」

わたしの未熟な精神面のサポートのための護衛じゃなかったのか。マジでいらんかったぞ、この人。

ラミスさんは怒りで顔を真っ赤にして、口をパクパクさせていた。あまりの侮辱(ぶじょく)に、声が出ないのかな。本当のことなのに。

「そ、それは……」

アラン殿下の顔がさらに引きつる。うん、辛辣だよね。でも、危機感を持とうよ。諜報部がこんなんじゃ、マズいよ。

「ラミスさんも犯人に利用されたんだよ。そんな犯罪に手を出せるほど、頭良くないよ、この人。まんまと煽(おだ)てられて、情報を抜かれたんだよ」

「どうしてそんなにハッキリと言い切れるんだ？」

アラン殿下が不思議顔。あれ？

「言ってなかったっけ？　わたし、鑑定魔法が使えるから」

「聞いていないなっ？」

アラン殿下が小さく叫んだ。いや、そんなに驚かなくても。

「え？　そんなに驚く？　他にも鑑定魔法持ちの人っているよね？」

ほら、バリーさんとかさ。

なんで知っているかというと、バリーさんに初めて会った時、鑑定魔法さんが「あら珍しい、鑑定魔法持ちだわ」って驚いてたから。お前が言うなって、言いたくなったよ。

「いるにはいるが、鑑定魔法は使い手が少なく、かなり希少なんだ……」

そーなんだ。

そういえばまだバリーさんに鑑定魔法さんのことを、聞いたことがなかった。是非聞きたいよ、バリーさんの鑑定魔法さんもオカンっぽくって、フレンドリーなのか。

「なるほど。シーナ殿は鑑定魔法でラミスが犯人じゃないと分かったわけか」

そうそう。鑑定魔法さんはあの偽騎士たちに会った時は、そりゃあもう盛大にピコーンピコーンと警告音を出していたのだ。でもラミスさんには沈黙していた。「いけ好かない子ね！」って、プリプリ怒ってはいたけど。

「それでシーナ殿。この中に、あの偽騎士どもに情報を流していた者はいるのか？」

アラン殿下がジロリと全員を見回す。

「いるよー」

わたしはアラン殿下に倣(なら)って、全員を見回す。

鑑定魔法さんが、犯人を教えてくれる。

わざわざ「こいつよ！」と下向きの矢印で教えてくれたよ。この矢印、みんなには見えないんだよね？　めっちゃ分かりやすいんですけど。

「あの人だよ」

指し示したその先には、モジャモジャの黒髪と糸目の、痩ギスな男性が立っていた。

モジャモジャ髪の男は、驚いたように身体をびくりと揺らした。糸目が丸く見開いている。

「ボ、ボクは何も！」

「ピート……？」

ラミスさんが慌てるモジャモジャ髪の男を、呆けたように見つめる。しかしすぐに、激しく首を振った。

「まさかっ！　違うわっ！　ピートがそんなことをするはずないじゃない！　大体、あの田舎娘が言ったことは全部デタラメじゃない！　私のことを、無能扱いして！」

「ラミス！　シーナ様に失礼なことを言うな！　シーナ様はお前を犯人ではないと、言ってくださっているのに！」

それまで死にそうな顔で黙っていたガードック子爵が、ギョッとしたようにラミスに向かって叫ぶ。

「はぁ……。今の状況も分かってないの……？　ガードック子爵の言う通りだよ。無能は本当のことじゃない。さっきのことで何か反論できるの？　それにわたしが言ったことが全部デタラメなら、ラミスさんが犯人ってことになるけど、いいの？」

グッと詰まるラミスさん。

「で、でも！　ピートは違うわ。彼は私の後輩よ！　一緒に仕事をしてきたから分かるわ！　そんなことをする人じゃない！　も、もちろん、私もやっていないわよ！」

「そっかぁ。でもその、ピートさん？　って人が偽騎士たちに情報を流したことは、間違いないよ？」

鑑定魔法さんが矢印の側に罪状を書いている。機密情報漏洩、人身売買、強盗、などなど。沢山ありすぎて、読むのも大変。犯罪のオールスターだな。

「そ、そんな！　証拠は、何もないじゃない！」

「シーナ殿は鑑定魔法持ちだと言っているだろう」

アラン殿下が呆れたように言う。

「そんなの、その田舎娘の虚言に違いないわ！　なんでそんな田舎娘の言うことを信じるのですか、アラン殿下！」

「お前なんぞの言い分より、シーナ殿を信じるに決まっているだろう」

アラン殿下は氷点下の声で告げる。

「お前なんぞを庇っているシーナ殿への暴言、また、軽々しく王族に話しかける不敬。それだけで捕らえるに足る理由だ」

「っは？　ですが、私は！　ジンクレット殿下の妃に相応しい、優秀な人間ですよ？　そんな私の言葉より、どうしてその田舎娘が……！」

ラミスさんがすごいことを言い出した。えー？　この人、ジンさんの恋人なの？　ジンさんって趣味悪……、いや、変わった趣味だなぁ。

「はぁ？　お前がジンクレットに相応しいだと？　どういうことだ、ガードック！　よもやお前、この女をジンクレットの妃になどと、考えているのか？」

ギリッとアラン殿下がガードック子爵を睨み付ける。激おこですよ、アラン殿下。今回最大の激おこ。さすがブラコン。さっきまでのが可愛く感じるような怒りっぷりです。ひぃぃ。

「と、とんでもないことでございます！　ラミスに王子妃が務まるなどと、夢にも思っておりません！　申し訳ありませんっ！　末娘故に甘やかし、自尊心だけは高い、どうしようもない娘に育ててしまったのは、私の責でございます！　この馬鹿娘は修道院に送り、終生出さぬと誓います！　それに免じて、どうか、どうか命ばかりはお助けください……！」

「お父様！　私が女だからといって、またそのような！　私は兄様より優秀です！　ただ女だからと差別するのはやめてください」

わぁ、噛み合ってなーい。ラミスさんって、ここまでくるとすごいよね。なんでこんなに人の話を聞かないんだろう。それでもちょっと心配になって、私はアラン殿下に小声で聞いてみた。

「ま、万が一っていうこともあるし、ジンさんに聞いてみる？　ラミスさんって、ジンさんの恋人？　って」

万が一、ジンさんがこの人と将来結婚したら、絶対に縁を切ろう、うん。関わりたくない。

「シーナ殿。絶対にジンクレットには聞かないでくれ。君と離れて、ただでさえ情緒不安定になっているだろうに、そんなことを聞かれたら任務など放り出して帰ってきてしまう。外交問題になるから、確認はせめて、あいつが帰ってきてからにしよう」

アラン殿下に小声で必死に説得され、わたしは今すぐジンさんに伝令魔法を送りたい気持ちを抑えた。

「分かった。確かに大事なお仕事中だから、余計な心配はさせない方がいいよね。

じゃあ帰ってきたら聞いてみよう。でもわたし、ジンさんの奥さんは、お友だちになれそうなタイプがいいなぁ」

ジンさん、甘えん坊だから、年上の頼りになるタイプがいいんじゃないかなぁ。

「シーナ殿。それもジンクレットには言わないでやってくれ。哀れだ……」

アラン殿下が深いため息を吐いた。なんで？

あっと。いかん、ラミスさんのすごさに圧倒され、犯人のこと忘れてた。

さっさと捕まえて帰ろうよ。疲れたんだよー。

あまりにラミスさんがうるさいので、ちょっと黙ってもらうため、魔術師さんに沈黙の魔法をかけてもらう。アラン殿下が連れてきた騎士たちの中に、魔術師さんがいたんだよ。白い歯ピカリンの筋肉マッチョだよ。何故その筋肉で魔術師なの？

ラミスさんは声を奪われ、口をパクパクさせて真っ赤な顔で何か言ってる。魔法をかけて正解だね。この魔法をかけるまで、ずっと「ジンさんの妃になるサクセスストーリー」を語っていたよ。ラミスさんの語る「ジンクレット殿下」は、実際のジンさんとはかけ離れていた。外観は一致してるんだけど、氷の王子とか、孤高の天才とか、誰のこと？　やっぱり恋人じゃないのか。しかし、あのジンさんをよくこんなに美化できるなぁ。どこを見たらこんな人物像になるのさ。よく分からん。わたしから見たジンさんは、ガチムチヘタレライオンだし。

さて、ラミスさんも静かになったところで、真犯人への尋問をしましょう。２時間サスペンスばりに証拠を突きつけてやりたいけど、証拠は鑑定魔法しかないので、尋問というよりは、あとは捕縛と連行だな。崖の上での告白タイムは、残念ながらありません。一番の見せ場なのに。

「そこの男、ピートといったか。ガードック、身元は？」

「はっ。昨年から情報部に所属しています。ライン村出身、実家は農家です。採用時の成績は非常に良く、今年からはラミスと同じ部署で働いております」

「ほう、平民出身で諜報部採用とは。よほど優秀なんだな」

王宮で働くには採用試験があり、頭脳派を揃える諜報部は難関部署なのだとか。よっぽど優秀なんだね。いやでも、ラミスさんが受かるぐらいだから、偏っているのかもね、採用試験。頭の良さも大事だけど、人柄も見極めてー。

でもさっきから鑑定魔法さんが、モジャモジャ髪の男の横に注意！　身分詐称(さしょう)！　ってデカデカと書いてあるなぁ。あ、それと。これは物証になるかしら。

「アラン殿下。あの人のズボンの右のポケットに隠しポケットがあって、そこに違法な薬草？　えーっと、ベルナ草を乾燥させたものを入れてるよ」

「ベルナ草だと？　おい！」

途端に逃げ出そうとしたモジャモジャ髪の男に、騎士たちが飛びかかる。呆気なく床に押し倒され、モジャモジャ髪の男は、獣みたいな喚き声を上げた。

「くそぉおぉおお！　離せぇ！」

モジャモジャ髪の男の抵抗はなんの意味もなかった。騎士たちは目当てのものをアッサリ見つけたからね。

白い紙に包まれた薬草が5包。アラン殿下が1つ開けて、中を確認する。

「間違いない。ベルナ草だ」

アラン殿下が鬼の形相。

鑑定魔法さん曰く、ベルナ草は所持も栽培も許されていない薬草なんだって。摂取すると気分が高揚し、疲れを感じなくなり、幸福感が得られるけど、中毒性があり、やがて身体をボロボロにする。前の世界の違法薬物みたいなものかー。かなり昔には軍で回復薬として使われていたようだけど、廃人になる兵士があとを絶たず、禁止薬草になったようだ。

他にもこんな禁止薬草があるわよ！　と鑑定魔法さんのうんちくが始まりそうになったが、今はちょっと忙しいのでと断る。他の禁止薬草は知りたいけど、今はモジャモジャ髪の男の取り調べ中だからね！

アラン殿下によると、この禁止薬草は、所持しているだけで終身犯罪奴隷落ち、売買してたら極刑だそうです。異世界は厳しいね。

「離してくれ！　その薬草は、違うんだ！　ラ、ラミス先輩から預かってたんだ！　俺は違う！違うんだぁ！」

ラミスさんが目を見開いてモジャモジャ髪の男を見ている。信用していたみたいだからね。

その分、裏切られた時の衝撃は大きいんだろうね。

「鑑定魔法持ちの前で、嘘ついても意味ないよ？」

わたしはモジャモジャ髪の男の前にしゃがみ込んだ。気弱な表情を浮かべてアレコレ言い訳をする男に、視線を合わせる。

「ねえ、ピートさん。ああ、違った、本当の名前はライアンだよね？　従兄弟のピートはどこに埋めたの？」

モジャモジャ髪の男が絶句し、目を見開く。その顔に、驚愕と恐怖の色が浮かぶ。

「な、なんで、なんで、なん」

「他にもあなたが手にかけた人、全部名前を挙げようか？」

鑑定魔法さんがデカデカと被害者名を表示してますよ。「大陸一の大悪人！」とか、「史上稀にみるクズ！」とかのポップアップと共に。でも「指にササクレあり！」はいらない情報だと思うの。張り切ってるね、鑑定魔法さん。

「ば、化け物！　化け物だぁ！」

「失礼な。大陸一の大悪人に言われたくない、心外」

こんな可憐な美少女に対してなんてことを！

「シーナ殿、もうそれぐらいで」

アラン殿下がわたしを引き離す。心配そうに覗き込まれたけど、別にヤツに何を言われたからってダメージはゼロですよ？

「その男を連れていけ。そっちのラミスも取調べる。ガードック子爵、息子のルイも事情を聞きたいので同道せよ。しばらくの間、諜報部は副長官の管轄下とする。他の者は仕事に戻っていい、ただし、この部屋の中で見聞きしたことを外部に漏らせば、国家反逆の意思ありとして厳しく処罰する、心せよ！」

居並ぶ全員が引きつった顔で頷く。ちなみに国家反逆罪は一族全て極刑だそうです。怖ー。前にカイラット街で令嬢たちに、ジンさんが国家反逆の疑いって言ってたけど、あれ止めてて良かったわー。令嬢の見当違いな嫉妬で一族が滅んだら大変だよ。

部屋を連れ出されるラミスさんが、わたしをすごい形相で睨み付けていたのが印象的だった。わたしは恩人なのに、何故睨まれるのか、解せぬ。

その後の取調べで、ピートことライアンの素性が分かった。鑑定魔法さんが教えてくれた通り、ライアンとピートは従兄弟同士だった。従兄弟だけあって外見はよく似ていたみたい。ライアンの両親は彼が小さい頃に彼を置いて行方不明になり、彼はピートの両親に育てられた。幼い頃から優秀だったピートに比べられ、ライアンの素行は段々と悪くなっていったらしい。

ピートの両親が亡くなり、王宮の登用試験に受かったピートは、同じく王都に仕事探しに行くと言うライアンと共に、生まれ故郷の村を旅立った。昔からピートを妬み、憎んでいたライアンは、王都までの道のりの間にピートを殺し、彼に成り代わって王宮で働き始めたという。

ライアンは最初、人生をやり直すつもりで、ピートとして普通に働くつもりだったという。しかし試験に受かったのはあくまでも優秀なピートであり、ライアンは諜報部で働く能力も足りず、すぐに落ちこぼれた。その上、真面目に生きたこともなく、金遣いも荒い彼が、再び悪事に手を染めるのは時間の問題だった。

ライアンは、あの偽騎士たちだけでなく、他の犯罪組織や他国とも繋がりがあったようで、だいぶ厳しく取り調べられている。違法薬草の販売もしていたから、極刑は確実らしいけどね。

ラミスさんは取り調べの結果、ライアンとの関係はただの同僚であり、組織との繋がり等はないと証明された。ただ、ラミスさんからライアンへ流れた機密情報もいくつかあり、その責任を取ってガードック子爵家の3人は諜報部の職を退くことになった。子爵家はそのまま存続を許されたので、寛大な処置らしいよ。

ガードック子爵からは直接、丁重なお礼をいただいた。ガードック子爵家が存続を許されたのも、わたしがラミスさんの無罪を証明してくれたからだと。別にラミスさんのことなんて全くこれっぽっちも信用はしてない。ただ罪は犯してないので、そう言っただけ。楽しい買い物に水を差された恨みは深い。嫌いだ、あんな奴。

ラミスさんは、マリタ王国で一番厳しいと言われている修道院に行くことになった。修道院に入るということは、世俗から離れることになり、貴族籍から抜け、身分は平民になるらしい。

元々、学校や採用試験の成績が良く諜報部に配属になったが、傲慢で人を見下す性格が災いして人間関係が上手くいかず、孤立していたようだ。ガードック子爵が縁談を進めようとしてもあの性格のせいでお断りされ、縁遠くなっていたみたい。確かに、この世界で22歳のラミスさんは、行き遅れと言われても仕方ない。貴族女性は、十代で嫁にいくのが普通だからね。

貴族じゃないけど、わたしも婚活頑張らなきゃ。キリの相手も早く見つけなきゃね。

この事件はもちろん、陛下や王妃様の知るところになった。しかもわたしがあのあと、疲れて寝込んでしまったせいで、陛下と王妃様が心配してお仕事そっちのけでわたしの元にいるもんだから、仕事が滞った侍従さんや文官さんたちがサンドお爺ちゃんに泣きつき、わたしの回復魔法の使用許可が出た。いきなり回復魔法を完全に止めるんじゃなくて、体力をつけながら徐々に使用回数を減らしましょうという緩やかな方針になったのだ。

回復魔法がないと起きていられる時間が極端に少なくなるので、本当に嬉しかったよ。

まあ、頼りすぎるのは良くないので、体力作りを頑張りますよ。

ナジル・ザイン　～女神との出会い～

「会長、夢の中で数字が追っかけてくるんです……」

「おう、目ぇ開けてても数字が追ってくるようになったら一回休め。それまでは死んでも手ぇ止めるんじゃねぇ」

「ひぃぇぇぇぇ」

どこぞの男爵家の三男だか四男だか忘れたが、貴族家出身の従業員が泣き言をもらしてきやがった。このクソ忙しい時に甘いこと言いやがって。取引先の男爵家に頼まれたから雇ってはみたが、他の平民の従業員に高圧的だわ、客に対して横柄だわ、事務仕事を他の奴に押し付けるわ、使えなさすぎる。他の従業員からの苦情が多すぎて、直接俺付きにしたが、俺に次ぐ地位になったと勘違いしていやがる。だからちょっとばかり扱き使ったら、このザマだ。

取引先の男爵家から、使えなければ遠慮なくクビにしていいと言われているが、こいつに労力を割いた分、回収できなければ損失になる。唯一の取り柄の計算能力を存分に発揮させてから放逐しないとなぁ。

「ナジル会長。先代から伝令魔法です」

「ちっ、またかよ。もうこれ以上無理だぞ？」

引退した先代の会長、俺の親父だが、今は趣味の行商に出ている。『魔物狂い』と噂されているマリタ王国の第４王子が、周辺国の調査をしているのだが、親父の行商の護衛に扮してあちこち周っているようだ。もういい歳だし、マリタ王国一の商会の創業者かつ先代会長なのだから、そんな危険な仕事は止めて孫の相手でもしてりゃいいのに、じっとしていることができない、困った爺さんなのだ。

そんな親父から、ある日突然、『魔物避けの香』の販売についてマリタ王国から請け負ったと連絡が来た。早馬と共に届けられた『魔物避けの香』を試してみたら、その効果に驚かされた。マリタ王国が国の事業として国中に配布するので、買い付けと配布をウチで行うというのだ。はっきり言って、俺の代になって一番の大仕事だ。いや、ザイン商会始まって以来の大仕事。その規模はマリタ王国に留まらず、隣国ナリス王国まで範囲が広がりそうと聞いた時は、まだ帰らない親父を引っ捕まえてぶん殴りたくなった。人手が足りねぇよ。勝手にでかい仕事、了承してんじゃねぇ。せめて一言、相談しろ！

ただでさえ親父から商会長を継いだばかりで、従業員や取引先から舐められないようにガムシャラに働いてるっていうのに、親父は俺を殺す気か？　獅子は我が子を鍛えるために谷から落とすって言うけど、落としただけじゃ飽き足らずに、上から岩でも落としているのか？

それでもやらないわけにはいかねぇから、従業員総出で取り掛かっている。全支部に通達したら、各支部長から悲鳴が上がったが、これを乗り越えて儲けてこそ商人だよなぁ！　って言ったら全員、変なスイッチが入った。ウチの支部長は、一癖も二癖もある奴ばかりなのだが、全員、根っからの商人なので、「儲け」の2文字には敏感だからな。うむ、働け。

そんな毎日がお祭り状態の時に、さらなる親父からの伝令魔法。なんだと身構えたが、カイラット街の救援も一通り終わり、そろそろ王都に戻る。カイラット街の支部から数人、従業員を連れて行くだとよ。支部の方も人手が足りないだろうに、大丈夫かと思ったが、支部長の弟も納得しているようなので、ありがたく受けることにした。

「カイラット街支部から参りました、ローナです」

やや緊張した面持ちで、ローナがペコリと頭を下げる。茶に近い赤髪、丸い顔、翠の瞳。少し鼻にソバカスが散っていて可愛い。低めの身長、華奢だが出るとこは出ている身体、キビキビした動きに、好奇心が強そうなイキイキした表情、柔らかな声、笑うとエクボ。

俺はローナの挨拶を受けて、一瞬呆けた。なんだこの、俺の趣味ドストライクな娘は。連日の過労が見せたご褒美か？

「ナジル会長？」

動かない俺に、小首を傾げるローナ。俺は現実に戻った。仕草もドストライクで可愛いな。じゃなくてよ。

「お、おう。ローナか。よろしくな。遠路はるばるご苦労だったな。カイラット街支部は大丈夫か？」

「はいっ！　魔物除けの香のお陰で魔物の襲撃も減っていて、徐々に活気を取り戻しています。新しい食べ物も、すごい人気で！　美味しいんですよ、シーナ様考案のお料理は」

「あぁ、俺も試食したよ。美味いよなぁ。スパイスミックスも、王都でバカ売れしている」

「まだ王都に伝わっていない料理も沢山ありますよ！　張り切って売らなきゃ。シーナ様が王都に戻られるって聞いて、本店への異動を思い切って希望して良かった！　これからよろしくお願いしますっ！」

おう。希望してくれて俺も良かった。いちいち全部がツボなんだが、どういうことだ？

王宮に報告に行っていた親父が戻ってくるなり、ニヤニヤしながら俺に話しかけてきた。

「どうじゃ？　ローナは？」

クソ親父。こいつの差金か。俺の好みのドストライクを、何故知っている？

「おい親父、どういうつもりだ。息子にハニートラップでも仕掛けるつもりか？」

俺の言葉に、親父は爆笑しやがった。

「お前なんぞにそんなモン仕掛けて、なんの得があるんじゃ。いやー、ローナがあまりに優秀なモンだから、エリクに頼んで王都に譲ってもらったんじゃ」

エリク……。カイラット街支部を任されている俺の腹黒な弟の名が出たところで、ものすごく嫌な予感がした。

「エリクからなぁ、お前の好みドストライクの優秀な娘がいるって聞いてな。イヤー、会ってみたら、すごいいい子だろ？　本人も王都に行きたいって希望するから、ちょうどよかった」

弟までなんで俺の好みを把握してるんだよ。

それより何より、あんな可愛い娘が来るなら、事前連絡ぐらいしやがれ。昨日から店に泊まり込みで、髪はボサボサ、寝不足で血走った目、無精髭、シャツはヨレヨレ、ズボンは皺だらけ、靴は磨いてねぇ。初対面の印象が台無しじゃねぇか。

「あー、哀愁漂う男の色気で、キュンとしとるかもしれんぞ？」

疲れたおっさんに漂うのは加齢臭なんだよ。そんな希望的観測で誤魔化せるか。

ローナが来てからしばらくは、全くなんの発展もなかった。当たり前だが。異動してきたばかりの従業員をいきなり口説くわけにもいかないからな。ローナも、本店での仕事を覚えようと必死だし、優秀だからグングン教えられたことを吸収している。男爵家の三男だか四男より断然役に立つ。比べるまでもないがなぁ。俺に今できることは、頑張りすぎるローナが無理をしないように見守ることぐらいか。しかし、古参の従業員まで、ローナと俺を見比べてニヤニヤしていやがる。だからなんでお前らまで、俺のドストライクを知っているんだよ。

ある日のこと、仕事をしていた俺の元にシーナ様から伝令魔法が届いた。シーナ様とは魔物除けの香やスパイスミックスの取引で、これまで何度か伝令魔法でやり取りしていた。王都に来てからしばらく、体調を崩されていたらしく、直接お目にかかったことはない。

「んん？」

シーナ様からの伝令魔法には、護衛兼案内人が非常に腹立つ奴なので、帰らせたい。協力して欲しいとあった。ラミス・ガードック？　あぁ、あの痛い貴族の見本みたいな女か。

俺は素早く計画を頭の中で組み立てて、計画に必要なローナを呼んだ。シーナ様とは知己だし、お忍びなら、うってつけの人材だ。決して贔屓（ひいき）ではない。

「えっ！　シーナ様の王都案内を、私がですか？」

「おう。シーナ様の趣味や嗜好（しこう）は、お前の方が詳しいだろ？」

「はいっ！　キリ様からお好きな色や食べ物は伺っています！　ウチの商品は、気軽なお買い物ならちょっとジャンルが違うかと……」

ウチの女物の主力は上品かつ高級志向だからなぁ。エール街での買物傾向から、シーナ様の普段のお召し物は、軽めなものを好まれるだろう。ジンクレット殿下(財布)がいないなら、気軽な買い物だろうしな。

「そこは、ウチは未開発な分野だからなぁ。ローナ、いずれは上級貴族の若いお嬢様向けの、質のいい軽めな衣装を開拓してみるか」

「はいっ！」

うん、そういう分野に興味があるのは分かってたが、キラッキラの可愛い顔でイイお返事だな。襲うぞ。

「シーナ様の案内の前にな、邪魔なお付きを丸め込んで帰さなきゃならねぇ。ローナは俺が言うことに頷いてくれればいいから。腹立つかもしれねぇが、それ以外は黙っていてくれるか？」

「……？　はい？」

分かってないけどとりあえず頷くローナ。可愛いな。

そうこうしているうちに、我がザイン商会の大恩人が到着したと従業員が駆け込んできた。

さてと、せいぜい頑張りますかね。

結論からいうと、邪魔者の排除は、つつがなく成功した。

途中、台本無しの芝居にスルリと順応しているローナに惚れ直したり、内心はプリプリ怒っているのに微塵も表に出さないローナに惚れ直したりと忙しかったが、まぁ、ローナに惚れているんだからこれは仕方ない。

「っはー、やっと帰った！」

ソファにグッタリするシーナ様に、激しく同情した。あの痛い貴族の見本、ラミス・ガードックと短時間とはいえ同じ馬車だったとは。病み上がりなところにあんなのを宛てがわれるなんてなぁ、気の毒に。俺は毎日アレとおんなじタイプの阿呆と働いているから、よく分かる。早く馘首にしてぇ。

「大変でしたねぇ」

同情込めてそう言ったら、シーナ様はゲンナリした顔だったが、机に並べた菓子や果物に気付くと、嬉しそうに摘んだ。うんうん、好きなもの食べて、元気を出してくれ。

初めてお会いするシーナ様は、親父から聞いていた年齢にしては、小さく感じた。細身ではあるが、髪や肌には艶があり、瞳には知性の輝きが感じられる。なんつーか、精神年齢が外見に合ってねぇな。子どもだと侮ると、痛い目を見そうだ。人は良さそうだけどな。

思った通り、ローナとは馬が合いそうだ。侍女さんも、ラミス嬢がいた時の刺すような殺気が消えている。うん良かった。護衛も兼ねているのだろうが、その恐ろしい気配に、生きた心地がしなかった。この人が噂のキリさんだろう。銀髪と褐色の肌の美人って外見も一致するし。

シーナ様はキリさん以外の護衛を連れていない。親父曰く、他に護衛など必要ないぐらい強いらしい。いつだったか、酔っ払った親父が「カイラット街でなぁ、魔物に囲まれて生きた心地がしなかったが、シーナちゃんがすごいんじゃあ。全部すぱーんしてのぅ。キリさんも剣でゴウっとバシバシっと倒してなぁ！」と語っていた。すぱーんとかゴウっとバシバシってなんだよ。全く伝わらん。まぁ、あの親父がジンクレット殿下より強いと断言するんだから、そうなんだろう。

とはいえ、女3人連れ（しかもタイプは違うが全員美人）だからなぁ。王都は治安が良い方だが、けしからんナンパ野郎が出るかもしれない、こっそり護衛を付けるかと悩んでいたところ、シーナ様が爆弾発言を。

「ローナさん。王都で素敵な出会いはありました？」

おおう。俺がローナに聞こうと思って聞けずにいたことを、アッサリと！　シーナ様、貴女は女神の遣いか？　俺は平静を装い、ローナの答えに全神経を集中させた。

「まだこっちに来たばかりで、仕事を覚えるので精一杯ですもの。王都の他のお店にも、ようやく顔が繋げるようになったばかりだし！　今は仕事よ！　恋はまだまだ！」

「そーなんだー」

そーなんだー。ローナの答えに半分安心し、半分ガッカリした。恋人はいないが、俺も意識されていないと。

俺が表情を消し切れてなかったせいか、シーナ様がこちらを盗み見て、ドンマイという表情を浮かべている。ははぁ、バレてますか、そうですよね、俺の気持ちは店中にすら周知されてますから。当の本人にはさっぱりですが。

俺はニヤリと笑った。ご心配なく。本気だし逃す気もありませんとも。

シーナ様はちょっと気の毒そうにローナを見て、首を振っていた。表情豊かなのはシーナ様も同じだな。

美女3人が買物に出発するのに合わせ、俺は店の護衛たちにこっそりと付いていくように指示をする。気付かれるなよ、と注意をしたら涙目になった。筋骨隆々のデカブツたちが、女子の好きそうな服屋やら雑貨屋やらカフェやらに気付かれることなく付いていくのは、至難の業(わざ)だろう。買物っつーのは雰囲気も大事なんだ。むさ苦しい威圧感のある野郎に囲まれて、心底お客様が買い物を楽しめるわけねぇだろ。普段から口酸っぱく、店の雰囲気に溶け込む努力をしろと言っているから、まぁ、なんとかなるだろ。なんだかんだ言って、あいつら優秀だしな。

それから普通に仕事をこなしていたら、ローナたちに付いていった護衛の1人から、伝令魔法が届いた。

『騎士隊員たちに絡まれ、連れ去られそうになったが、介入する前に地面に穴があき、騎士隊員たちが落ちた』

連絡・報告は簡潔に、が原則だが、さっぱり分からん。騎士隊って何か問題があったのか？

護衛たちから続けて伝令魔法が届く。

『危険はなさそうなので待機して様子を見る。騎士は偽騎士の模様』

『お客様が穴の中の騎士たちを水や土責めにしている。止めるべきですか？』

『護衛の侍女様から詳細の説明を受けた。アラン殿下がお出ましになり、撤収いたします』

おぉ、キリさんには護衛が付いていったことがバレてるじゃねぇか。続報が来てもさっぱり分からん。とりあえず、危機は去って戻ってくるってことか？　そしてこいつら、もうちょっと文章力を鍛えさせよう。

今度はシーナ様から伝令魔法が届いた。何一つ分からねぇよ。

『騎士に扮した犯罪者に拐われかけたが撃退。ローナさんが服装から偽騎士と看破。お手柄。怪我も被害もなし。迷惑をかけて申し訳ない。今から戻る』

おおっと、偽騎士とはなかなか大事だったみたいだな。ローナがお手柄か。戻ったら誉めてやらなきゃな。

『ローナさんは強がってるけど大分動揺してる。フォローよろしく』

シーナ様から続けて届いた報せに、俺はハッと胸をつかれた。そうか、そうだよなぁ。シーナ様たちがいてくださって大事には至らなかったが、そんな荒事に巻き込まれたんだ、怖い思いをしただろう。それなのに服装で偽騎士たちを見抜くとは。お客様を知るために、隅から隅まで観察しろという商会の教えを忠実に守って。全く、肝の据わった大した奴だ。マジでドストライクだわ。

やがてシーナ様たちに送り届けられたローナが、馬車から降りてくるのを見たら、たまらなくなった。青白い顔で、よく見ると手が震えている。

俺は店から飛び出し、ローナを抱き締めた。ローナは何が起こっているのか理解できていないようで、ポカンとしている。

「ご無事でお戻りになられて、安心いたしました」

馬車の窓からこちらを見ていたシーナ様にお声をかけると、シーナ様は申し訳なさそうに詫びた。

「ごめんねぇ、ローナさんまで怖い思いをさせちゃって。今日は忙しくなっちゃったから、また落ち着いてから、ゆっくり説明するね」

「お気になさらず。本当に、無事で良かった……」

腕の中の温もりが、失われてたかもしれないのだ。そう思ったら、ありえないぐらいの恐怖を感じた。ヤベェな、俺、思ってた以上にのめり込んでるわ。

「まぁ、頑張って。無理強いはダメだよー」

去り際にシーナ様にそう言われて、俺はちょっとだけ理性を取り戻す。10歳以上も年下の少女に釘を刺されるとは。やっぱり見た目と中身が、そぐわねぇお人だわ。

「あ、あの、商会長……」

モジモジとローナが身を捩る。可愛いな、いや、イカン。抱き締めたままだったわ。

「あぁ、すまん。大変だったな、ローナ」

俺はローナから身体を離したが、ローナの顔がまだ強張っているのを見て、急いで俺の執務室まで連れていった。従業員に命じ、温かいものを持ってこさせる。茶を準備した古参の従業員が、心配そうにローナを見つめ、ギロリと俺を一睨みして、しっかり慰めろと無言で釘を刺す。今日は釘を刺されっぱなしだな。

温かい紅茶で一息ついたのか、ローナが息を吐いた。少し顔に赤みが戻っている、良かった。

俺はローナの隣にピタリと寄り添っている。離れ難かったのもあるが、ローナが不安そうだったからな。頭を撫でると気持ち良さそうにしている。くっそ可愛い。撫でても嫌がらない、それだけで心が浮き立つ。いや、落ち着け、俺。

「申し訳ありません、商会長。ご心配をおかけしました」

「別にお前が悪いわけじゃねぇよ、謝んな。それよりお手柄だってシーナ様が誉めていらしたぞ。偽騎士だって見抜いたって？」

　髪をくしゃくしゃにして撫でると、ローナの目に涙が盛り上がる。

「そんな、そんなことないです。シーナ様やキリ様はあの男たちをサッサと捕えたのに、私は怖くて固まるだけで、何もできなくて。カイラット街の魔物の襲撃の時だって、逃げることしかできなくて。私、役立たずで……」

「いやいや、それでいいだろ。悪人や魔物相手に戦うこともそりゃあ大事だけどよ。それが全員、できるわけでもねぇし。逃げるのも戦う人たちの足手纏いにならねぇためだし、それ以外に、例えば物資の確保やら、そのあとの復興やら、色々やることはあるしなぁ。できることをやればいいし、今回のお前はやれることを最大限発揮したんだろ？」

　うーわぁー、余計に泣いた。泣き止まねぇ。ボロボロ涙が溢れてくる。あーあ、鼻垂らしてても、なんでこんなに可愛いかね。俺はローナの涙を拭いてやり、ついでに鼻も擤(か)ませてやった。あー、可愛い。

　落ち着くまで頭を撫でてたけど、やがてローナの泣き声が止んだ。真っ赤な顔で目も赤くなって、恥ずかしそうだ。

「ありがとうございます、商会長。落ち着きました」

「おー」

俺は腑抜けた声で答える。

「……あの、商会長。もう離していただいても、大丈夫です。もう泣きませんから！」

「んー、大丈夫じゃねぇ」

俺はローナの髪を撫でながら、ため息を吐いた。

「俺が大丈夫じゃねぇ。お前に何かあったらと思うと、正気ではいられんわ。惚れているからなぁ」

本当に、無事で良かったよ。

「えっ？」

ローナが俺の顔を見てポカンとしている。まだ鼻垂れてるな。ぐいぐい拭いていると、ますます顔を赤くした。

「商会長、あの、今、なんて？」

「あ？　無事で良かったって話か？」

「いや、惚れてるってなんですか？」

「んぁっ？」

なんでバレた？　撫ですぎたか？　あれ、バレるほど、触ってたか？　触ってるな……。

「あー、一目惚れしてな。もうちょっとカッコつけて言いたかったが、あー、締まらねーな。

くっそ、好きだ」

ヤケクソで告白すると、ローナは目をウロウロさせた。

「スマン……、お前が仕事に慣れたら本腰入れて口説くつもりだったが、今日のことで箍が外れた。今から全力で口説くわ」

「商会長って、タラシ……？」

「自慢じゃねぇが、タラされたことはあるがタラシたことはねぇ」

「タラされたことはあるんですね」

「若い時になぁ。いい社会勉強させられたよ……。親父にぶん殴られたなぁ、あん時は」

「貢いじゃいましたか、それは殴られますね」

「冷静に分析できるところも好きだぞ」

ローナはツンとそっぽを向いた。

「私、そんなに簡単に好きにはなりませんよ」

「ははは、俺が惚れた女だからな。そうじゃなくっちゃ、張り合いがねぇよ」

俺の肩書きとか、こんな簡単な言葉ぐらいで堕ちてもらうぐらい単純な女だと困る。なんせ俺の片割れは、ウチの商会を俺と一緒に束ねる立場になるんだからよ。

「まぁ、交渉は商人の基本だ。覚悟しとけよ、ローナ」

2章　聖女は贈物を作る

1日寝込んだあと、わたしは回復した。回復魔法を使うと疲れが取れる、やっぱり便利ー。心配そうなキリの顔。大丈夫、ちゃんと体力作りもするからねっ！

3食キチンと食べること、お散歩からでいいので身体を動かすことをサンドお爺ちゃんと約束してます。オヤツも食べなさいと言われた。補食が必要とは……、幼児と一緒か。

朝ご飯のあと、軽くお散歩をしたわたしは、今日は刺繍をしている。マナーとか歴史の勉強とかもしてみる？　と言われて二つ返事で了承した。他国の王子様に会わないといけないので、付け焼き刃でもお勉強はしないとね。刺繍は淑女教育の一環なのだとか。前世はお一人様街道まっしぐらだったから、色んな趣味に手を出してた。ハンドメイドは大得意。マリタ王国の国章の獅子なんてスイスイだぜぃ。

侍女さんたちも一緒に、お喋りをしながら刺繍をしていたら、なんと、侍女長さんに2人目のお孫さんが昨日産まれたことが発覚した。娘さんが出産したんだって。だから昨日から姿が見えなかったのかー。

侍女長のマリアさんは20代にしか見えない美魔女で、性格は豪快な前世の母・ヨネ子に似ていて、心の中で勝手にお母ちゃんと呼んでいる。陛下やジンさんを叱り飛ばす姿は、前世の母が父を叱り飛ばす姿そっくり。なんだかほっとしちゃう。

しかし侍女長さんにお孫さんがいるとは。こっちの世界では早くに結婚しちゃうからなぁ。その子どもがまた結婚が早ければ、そりゃあ若くしてお祖母ちゃんになるよね。前世の母は、57歳で孫の気配どころか、娘も息子も恋人さえいなかった。ごめん、ヨネ子。

侍女長さんのお孫さんは上が3歳の女の子、今度産まれたのは男の子。待望の跡取り誕生に、娘さんの嫁ぎ先は大喜びらしいよ。

これは是非お祝いをしなくては。刺繍を終わらせたわたしは、キリにお願いして材料を揃えてもらった。

「シーナ様？　本当にこちらでよろしいのですか？」

キリが戸惑いながら集めてくれた材料は、木材と色々な布。木材は白木を、布はできるだけ柔らかいものを持ってきてもらった。

「うん、こういうのが欲しかったんだよ！　さすがキリ！」

喜ぶわたしに照れるキリ。うちの子優秀！

それでは、とわたしはキリが材料を揃えている間に作った型紙の数々を、布に当てて切る。

まずは産着でしょ。小さな赤ちゃん用だから縫い目は表に、柔らか素材で。む、スナップボタンがないから紐になるか、仕方ない。

昔はよく友達や親戚に子どもが産まれたら、作ってたなぁ。残念ながら自分のために用意したことはないよ、ふふふー。

オーバーオール型の熊の着ぐるみ、猫の着ぐるみ、パンダの着ぐるみも作った。この世界にこの動物たちっているのかな？　まぁ、空想の動物ってことでいいか。

そんなに早く作れるのかと思った、そこのあなた。お察しの通り魔法も使いました。繊細な強化魔法で、針もすごい速さで進むのよ。手がミシンになったみたいー。

キリは驚いていたけれど、すぐに産着に紐を付けたりと手伝ってくれた。うちの子、お裁縫も得意なのです。お嫁さんにいかがですか？　簡単にはやらんけど。

さてさて。産着はお母さんがたくさん用意してるだろうから、オモチャを作ろうっと。昔懐かしい手押し車。といっても、木箱に木のタイヤと取っ手をつけた、シンプルなものだけど。木箱の中には、丸や四角や動物型の積み木を詰める。角はちゃんと丸くしてるよ。風魔法で木材を切り、可愛い形にするのって楽しい。あとは布製のガラガラと、木製の起き上がりこぼし。昔懐かしいオモチャだけど、小さい子どもなら、喜んでくれるかな？

そして今度は女の子用のオモチャを作ります。これは3歳のお姉ちゃん用。

前世の友達が2人目を出産した時、上の子が赤ちゃん返りをして大変という話を聞いて、兄や姉のいる時は、赤ちゃんのお祝いと一緒に上の子へ「お兄ちゃん、お姉ちゃんになったお祝い」をあげるようにしている。

いきなり下の子ができて、パパとママ、他の家族の関心は赤ちゃんに、プレゼントも赤ちゃんばかりだと、拗ねるし不安定になっちゃうよね。ママも新生児のお世話でヘトヘトの時に上の子に赤ちゃん返りされたら、気持ちに余裕がなくなり、上の子に厳しくなって……。悪循環だよね、うん。

新しい命が誕生すると共に、新しいお兄ちゃん、お姉ちゃんが誕生しているんだもん。お祝いしたっていいじゃないか。

女の子用だから、お人形セットでも作るかな。布でお姫様人形を作り、お人形用のドレスを作る。ついでに3歳児用のお揃いのドレスも。くぅっ。人形とお揃いのドレス。可愛い。可愛さしかない。お揃いセットをもうちょっと作りたいけど、ドレスパターンが思いつかない。

「シーナ様。侍女さんたちにご助力いただいてはどうでしょう？」

キリの言葉に納得。侍女さんたちなら、センスがいいもんね。

わたしが自室に布やら木やらを広げているのを見て、侍女さんたちは大層驚いていた。しかし、木製の手押し車やお人形セットを見た途端……。

「きゃあああ！　可愛い！　なんですかこれ！　可愛いぃ！」

「人形とお揃いのドレス？　え？　ドレスパターンを増やしたいんですか？　待っててくださ い！　すぐに見本のドレスをお持ちします！」

侍女さんたちは、我先にとドレスやらレースやらリボンの素材やらを集めてくれた。みんなでキャアキャアしながら協議して決めたドレスを3着作り、侍女さんたちはレースや可愛いボタンで飾り付けてくれた。ノリノリだよ。

「これ、シャーロットちゃんにあげるんですよね？　すごくお喜びになりますよ！」

「私も欲しいです！　子どもに戻りたいです！」

侍女さんたちもすごく楽しそうで、良かった良かった。

ある程度ドレスの目処がついたら、わたしはままごとセットの作成に取り掛かった。人形用のベッド、テーブルにソファセット。お茶会用のティーポットとカップ。それからままごとの定番、キッチンセット。木製だけど可愛いよー。

わたしが魔法でオモチャを作っていくと、一つでき上がる度に侍女さんたちが可愛い！　と悶絶してた。このオモチャで3歳児が遊んでる姿を想像するだけで、クフフ、楽しい気分になるね！

嫌な事件に遭遇して、陰鬱(いんうつ)な気分だったのが、パァッと晴れた気がする。侍女長さんのお孫さん、産まれてくれてありがとう！

可愛い箱に入れてラッピングし、リボンをかけて完成。赤ちゃんへのプレゼントより、お姉ちゃんへのプレゼントが大きくなったのはご愛嬌。女の子のドレスとオモチャを作るのが楽しかったんだもん。仕方なし。

これを侍女長さんの元に届くように手配してもらう。娘さんの嫁ぎ先にいきなり送りつけるのはアレだしね。ちゃんと伝令魔法で侍女長さんには知らせたよ。すごくお礼を言われた。

ちょうどお部屋に遊びに来たリュート殿下に報告。一応、なんでも報告するように言われてるので。

「祝いを贈っただけだろう？　特に問題はないぞ」

リュート殿下に問題なしとお墨付きをもらった。先日の事件のせいで、マリタ王国の皆さんがますます過保護になったからね。報連相（ほうれんそう）のできる子ですよ、わたし。

次の日、侍女長さんの娘さんの嫁ぎ先から、面会の申し出がありました。はて？　と、また遊びに来ていたリュート殿下と首を傾げた。

ちなみに今日はリュート殿下の婚約者のサリア様も一緒です。なんと！　サリア様のお手製クッキーをお土産にいただいたのだ！　ありがたや。美女の手作りクッキー。

リュート殿下とサリア様はとっても仲良しだ。サリア様のお兄さんとリュート殿下は同じ年で、小さな頃からサリア様ともお兄さんを通して交流があったんだって。サリア様の初恋の相手はリュート殿下らしく、婚約者になれてすごく嬉しかったんだとか。顔を赤くしてはにかむサリア様を、リュート殿下が頬を緩めて見つめている様子はもう、ね。独り身には辛いっす。

　そんな甘い2人を美味しいクッキーを頬張りながら眺めていたところに、来客のお知らせだ。侍女長さんを先頭に、知らないおじさんとお兄さんがいらっしゃいました。わたしとの面会は、陛下の許可もあるそうです。心配した王妃様も駆けつけてくださいました。すみません、王妃様。そしてまたまた王妃様の予定を変更させて申し訳ありません、侍従さんたち。最早（もはや）、諦め顔の侍従さんたちです。

「お、お初にお目にかかります、タイロップと申します」

　王妃様やリュート殿下というロイヤルな人たちにまで面会することになり、緊張気味のタイロップ男爵。一緒にいるのは息子のジョゼフさんで、侍女長さんの娘さんの旦那様ですって。真面目そうな人だなー。

　タイロップさんたちは、昨日お子さんたちに送ったプレゼントを詰めた箱を持っていました。何事でしょう、まさか！

「あ、ご、ごめんなさい！　わたし、あまりこの国の風習に詳しくなくて！　もしかして出産祝いに相応しくないものを贈っちゃいましたか？」

　大変！　縁起の悪いものを贈っちゃったんだろうか？　ごめんなさいぃ！

泣きそうな気持ちで頭を下げると、タイロップ男爵とジョゼフさんがブンブンと首を振って否定してくれた。

「いえいえいえいえ！　とても素晴らしいお品ばかりでございます！　頭をお上げください！」

タイロップ男爵にそう言われ、恐る恐る顔を上げる。あれ？　プレゼントを突っ返しにきたんじゃないなら、何をしに来たんだろう？


「まあぁぁ！」

箱を開けると、王妃様とサリア様が頬に手を当てて、小さな悲鳴を上げた。

「可愛いわぁ！　なんて可愛いのかしら！」

可愛いものが大好きな王妃様が、赤ちゃん用の着ぐるみを手にして、悶えている。

「まぁ。小さい。お人形さんのベッドね！」

サリア様が目をキラキラさせて、おままごとセットを並べていく。

リュート殿下は完全に蚊帳の外。男子はあんまり興味ないよね、こういう物には。

「えっと？　もしかしてお子様方に気に入ってもらえなかったのでしょうか？」

赤ちゃんが着ぐるみを着たら泣き止まないとか？　いや、赤ちゃんはまだ分からないよね。となると、お姉ちゃんのシャーロットちゃんが気に入らなかったのかな？

「いいえ！　シャーロットは『お姉さんになったお祝い』に大喜びしています。プレゼントをいただく前は、弟に母親を取られたと泣いてばかりだったのですが、『もうお姉さんだから！』と人形とお揃いのドレスを着て、張り切って弟を可愛がっているんです！　この人形も、ちょっと貸して欲しいとお願いしても聞いてもらえず、シャーロットがお昼寝をしている隙に持ち出したぐらい、お気に入りです！　寝ている時もなかなか手放さなくて大変だったんです！」

ジョゼフさんが力一杯否定してくれました。お、おう、良かったです、気に入っていただけて。

「本当に素晴らしい品々です！　それで、これをお作りになったのが、シーナ様だとお聞きしまして」

「まぁ！　シーナちゃんが作ったの？」

王妃様が驚いてわたしに聞くので、わたしは恐る恐る頷いた。何かダメでしたか？

「すごいわ、シーナちゃん！　こんなに可愛いものを作れるなんて！」

「すごいわ、シーナ様！」

キラキラな目で美女2人に見つめられると、照れますよ。

「実は私ども、図々しくもお願いにあがりましたのは、こちらの品々を作らせていただいて、販売させていただけないかと」

「販売？」

販売って、どういうことでしょう。

「私どもの跡取りの誕生祝いに来ていただいたお客様から、いただいたオモチャや服への問い合わせが殺到いたしまして」

タイロップ男爵曰く、お祝いにいらした知り合いの貴族様や商売上の取引のある商会の方々に、シャーロットちゃんが張り切ってお姉さんっぷりを見せてくれたのだとか。お人形さん相手にゴハンを作って食べさせたり、ベッドで寝かしつけたり。くぅ、想像するだけで可愛い。それに跡取り息子のアルト君も着ぐるみを着せていたところ、あのオモチャは、あの服は、とお客様方から根掘り葉掘り聞かれたのだとか。うちの子、孫にも着せたい、遊ばせたいと大反響だったらしい。

どうやら着ぐるみやままごとセットは、この国には今までなかったようで。是非うちの商会で取扱いさせて欲しいとのこと。タイロップ男爵家は商会を持っているんだって。

わたしは別に構わないけどなーと思いながら王妃様に視線を向けると、可愛いとはしゃいでいた時とは全く違う表情を浮かべていた。

「タイロップ。シーナに関することは全て陛下の許可が必要になる」

王妃様の威厳の漂う声に、タイロップ男爵とジョゼフさんはハッと頭を下げた。

「もちろん、陛下の御裁可に従います」

「うむ。だがこれらの素晴らしい品々を埋もれさせるには惜しい。妾も陛下に口添えいたそう」

「あ、ありがたきことにございます！」

「ただし、販売するにあたって、シーナについて他言は許さぬ。また、シーナに少しも損があってはならぬぞ。よいな」

「はっ！」

ちなみに、私の身元は王妃様の遠縁の貴族家の娘となっています。この仮の身元のおかげで、私を害したら王妃様からメッされますよ、と牽制できるそうです。

結局、タイロップ家との話は王妃様が全部取り仕切ってくださいました。ありがとうございます。もちろん異論はございません。素人の横好きの品々ですので、わたし1人だったらお好きにどうぞと言ってましたよ、多分。

タイロップ男爵とジョゼフさんは、シャーロットちゃんがお昼寝から起きる前にと慌てて帰っていった。お爺ちゃんとお父さんの溺愛っぷりが伺えて、ホッコリしますね。

タイロップ男爵たちが帰っていくのを見送っていたら、がっしりとリュート殿下につかまりました。

「よし、シーナ殿。陛下の元に行こうな。リュートお兄様が連れていってやろう」

リュート殿下に腕をホールドされました。右腕の調子が良さそうで何よりですが、何故、陛下の元に？

「あらあら、シーナちゃんは自覚がないのね？」

王妃様は楽しそう。どうしたんですか？

「まあまあ、シーナ様。私、美味しいお茶を淹れますわ。頑張りましょうね？」

サリア様がさり気なく反対側の腕をホールド。ニッコリ微笑まれ、可愛いが何故か言葉が不穏！　何を頑張れと？

「タイロップ商会か。マリアの娘の嫁ぎ先でしたね。悪い噂は聞いたことはないな」

「なかなか手堅く商売をしていると聞いているわね」

「確かワインや食料品を多く取り扱っていましたわ。子ども用品も取り扱う余力があるか、兄と調べてみますわね」

リュート殿下と王妃様とサリア様に陛下の元へ連行される間、３人はよく分からない相談を続けていた。

キリに助けてと視線を送ったけど、気まずそうに目を逸らしたよ。仕方ないです、と小さく呟かれた。何が？

そして陛下の前に連行され、事の次第を説明すると爆笑され、それからイイ笑顔のまま契約やら利権やら頭の痛くなる話に雪崩れ込んだ。

わたしこういうお話は苦手。バリーさーん、早く帰ってきてー。

＊＊＊＊＊

くつくつと笑いを洩らす陛下に、私は呆れた顔を向けた。

「笑いすぎですよ、陛下」

「そう言うな、オリヴィア。あの子が来てから面白いことばかり起こる」

確かに。あの子と息子のジンクレットが出会ってまだ一季節といったところか。だというのにあの子ときたら……。

「本当に、良い子。あの子のおかげで、良いことばかりですわね」

ここ数日で起こった騒動を思うと、ついつい頬が緩んでしまう。国を蝕む犯罪者を炙り出したかと思ったら、子ども用品を作り出し、またそれも巨万の富を生みそうだ。既にタイロップ商会は、職人やお針子を雇い、量産体制に入っている。貴族や富裕層の商人からの問い合わせも多いらしい。

「あの子ときたら、契約の時に、そんなにお金をもらっても使い切れないと泣き出したんですよ？　サリアに慰められて、ようやく落ち着いてましたけど」

あの子の生み出した着ぐるみと玩具は、タイロップ商会が権利を買い取り、商会が専売契約権をマリタ王国に申請し、取得した。今後、似た商品を他の商会が売ろうと思ったら、タイロップ商会に使用料を支払わなくてはならない。

その契約で得ることになった金額を見て、あの子は喜ぶどころか怯えたのだ。

「うん？　魔物除けの香の時も、それなりの額を受け取ったであろう？」

マリタ王国に来た直後、あの子とザイン商会は正式な契約を交わした。それからは定期的に、あの子には遊んで暮らせるほどの額が支払われているはずだ。

「そうなんですけどね。あの子、一度買い物に行った以外、使わないんですよ。お金もそのまま収納魔法のボックスに入れているみたいで。出入りの商人を呼んであげようかと言ったら、王家御用達の商会なんて、怖くて買えないって泣くのよ」

「ふむ。使うことが怖いか。慎重なのは良いことだが、使わんと経済が回らぬと教えてやるか」

「陛下！　これ以上政務が滞っては困ります！」

動き出そうとした陛下を、すかさず侍従と文官が止める。私も文官たちに涙目で睨まれて、大人しく書類に目を落とす。

あの子が来るまで。

マリタ王国はどこか暗く重い影に包まれていた。

増える魔物。右腕を失ったリュート。我を失い、自分を責め、家族から離れ魔物狩りに没頭するジンクレット。日に日に魔物に対する危機感は増し、王国全体が緊張感に満ちていた。恐れのために人々は物資を買い溜め、一部では食糧が高騰し、貧しいものたちに行き渡らなくなり始めていた。備蓄の食糧を放出したとしても、一時凌ぎにしかならない。まだ魔物の影響の少ない友好国に食糧支援を打診していたが、友好国とて魔物の被害が増え始めており、良い結果は得られずにいた。

それがまるで一陣の風のように。あの子が憂いを払ってしまった。

ザロスの食用が広まり、飢饉の心配は去った。ザロスは種が落ちるだけで、どんな場所でも育つ強靭な植物だ。パンの代わりに食べることもでき、ザロスに合わせた料理も増えている。あの子が作り出した調味料や料理法も瞬く間に王都に広がり、国中に広がろうとしている。食の不安が解消され、民たちに笑顔が戻った。

魔物避けの香で、魔物の襲撃に悩まされていた街や村は今、活気を取り戻しつつある。魔物に怯えずに夜寝られることがどれほどすごいことか、あの子は分かっているのだろうか。

あの子に構って仕事が滞っても、侍従や文官たちは我らに文句を言っても、あの子には優しい目を向ける。あの子の齎すものの価値もあるが、いつもひたむきで楽しそうなあの子を見ていると、誰もがついつい頬が緩んでしまうのだ。

「本当に、得難き宝よ。さて、ジンクレットは手に入れることができるのか？」

陛下の楽しそうな言葉に、私は笑みを深める。

窓の外を見て、時折、寂しそうなため息を吐くあの子の様子なら、それほど心配ないかと思っている。

＊＊＊＊＊

「はぁ……」

知らずに漏れるため息。埋められぬ心の空洞に、やたらと響いた。

「はぁ……」

昼はまだいい。部下の目もあるし行程を進める間は気が紛れる。だが何もすることのない夜は、考えずにいられない。

「はぁ……」

寂しがってはいないだろうか、泣いてはいないだろうか。今夜は冷える。ちゃんと暖かくしているのか。

「はぁ……」

「ちょっとジン様。はぁはぁはぁはぁうるさいですよ？　寝られないじゃないですか。静かにしてくださいよ」

毛布をかぶっていたバリーが、イライラと起き上がる。

「うるさいなバリー。俺はシーナちゃんが」

「はい、銀貨1枚でーす」

「ぐっ！」

バリーが右手をこちらに差し出す。俺は財布から銀貨を取り出し、バリーに放った。

「毎度ありー。ジン様、この調子じゃ、国に帰る頃には財布の中身は全部俺の懐に入りそうですね」

「……」

国王(親父)と王妃(お袋)に釘を刺されたあの日から、俺なりにシーナちゃんを守る方法を考えていた。自分でも自覚しているが、俺はシーナちゃんに依存しすぎている。彼女の姿が見えないだけで、不安で居ても立っても居られない。彼女に近付く者は、敵ならまだしも、味方でも気に食わずに威嚇する。そんな状態で、彼女をどうして守れるのか。

悩む俺に、バリーが物理的にシーナちゃんと離れることを提案してきた。少し離れて、自分のできることを考えろと。ちょうどサイード兄さんたちを迎えに、ナリス王国との国境へ兵を派遣する話が出ていた。近頃はAランクの魔物が街道でもチラホラ目撃されている。サイード兄さんたちの護衛にカナン王太子の護衛たちもいるが、念のためこちらからも兵を向かわせることになった。それに志願した。

期間は往復30日ほどだ。いつもの遠征に比べたら、短かすぎるぐらいだ。シーナちゃんと離れるといっても、それぐらいなら大丈夫だと思った。外交も絡む、大事な仕事なのだ。しかし。出発して今夜が3日目だが、彼女に会えない禁断症状か、身体が震えた。会わない間に彼女がいなくなったら、他の男に奪われたらどうしようと、打ち消しても不安が次々と湧き上がってくる。

出会った頃から、シーナちゃんは規格外だった。初めて会った時に命を助けられ、そのあとは国を含めてずっと助けられっぱなしだ。なんのお返しもできてない。悩んでいたリュート兄さんとの仲も、シーナちゃんのお陰で修復できた。守られて助けられてばかりだ。情けない。

物理的にシーナちゃんより強くなるのは難しい。あの魔法は天賦の才だ。並ぶ者などいない。男としては情けないが、今の俺ではシーナちゃんの盾になることぐらいしか、できないだろう。

それならばと、精神的に彼女の支えになろうと俺は考えた。幸いにも俺は王族の生まれであり、身分的にも彼女を狙う不埒な輩から守りやすい。幼い頃から搾取され続け、馬鹿な奴らに傷つけられた彼女を守り、支えてやりたい。

そうしたらシーナちゃんは俺の側から離れずに、いてくれるかもしれない。

そうバリーに話したら、鼻で笑われた。シーナ様の言動一つで右往左往しているジン様が、彼女の精神的な盾になるって正気ですかと。それでシーナ様と対等でいられると思うなんて。あの人は本物の聖女なんですよ？　俺の主人はそんなに身の程知らずだったとは、と嘆かれた。

バリーの言葉はいつも通り辛辣だが、本当のことなので反論できなかった。

では俺に何ができるのか。悶々と悩みながらナリス王国との国境に向かっていたのだが、バリーからシーナちゃんシーナちゃんと、うるさいと苦情を言われた。どうやら無意識のうちに、俺は彼女の名前を呟いていたらしい。まったく自覚がなくて驚いたが、シーナちゃん不足による禁断症状の一種だろう。仕事のことを考えている時も呟いているようで、部下たちからは不審な目を向けられている。

「あんたバカの一つ覚えみたいにシーナちゃんシーナちゃんって言ってるの自覚してくださいよ？　もう俺、シーナ様の名前を聞きすぎて、気が狂いそうなんですけど？　ただでさえクッソ寒くてイライラしてるのに、勘弁してくださいよ？」

「分かった。気を付ける」

この数分後にまた呟いてしまい、本気でバリーに後ろ頭を殴られた。不敬だぞ！

「あー、もう決めた。次からジン様がシーナ様の名前を口にしたら銀貨1枚、もらいます。絶対もらいますから。俺への慰謝料です」

「罰金じゃないのか？」

「あんたが罰金を払わされるくらいで、我慢できるはずがないでしょう。絶対言うに決まってますから、慰謝料です。俺の耳にタコができることに対する慰謝料です」

結局俺は、その時から銀貨を65枚も取られている。いや、今取られた分を合わせると、66枚か。

すっかり目が冴えてしまったらしいバリーが、温かいお茶を淹れてくれた。

「お前には苦労をかけるな。せっかくキリさんとの仲を進展させると張り切っていたのに」

「ジン様、銀貨を取られたの、根に持っていますね？　俺が連戦連敗しているのを、分かっているくせに」

「いや、そういうつもりは……」

バリーが珍しくキリさんに本気になっているのは知っている。さり気なくアプローチを続けているが、ことごとく拒否されている。無理はないが。

「しかしお前、なんでそんなに本気になったんだ？　いつもみたいに遊び半分で声をかけているわけじゃないみたいだけど」

「ジン様、俺のことをなんだと思ってるんですか？」

「女嫌いのタラシ」

「なんです、その矛盾する評価」

「当たっているだろう？」

「まあ、否定はしませんが」

バリーは所謂（いわゆる）、来るもの拒まずといった男だ。ただし、付き合うのはその必要がある時だけ。情報を取りたいとか、家の付き合い的に必要に駆られてとか。見た目良し、第４王子付の側近、有力伯爵家の３男。経済力があり、出世も約束されている。ちょっと遊ぶには付き合いやすい相手だろうし、結婚まで持ち込めば、生涯安泰な生活を送れる。そう考える下級貴族の娘や裕福な商家の娘や夫に先立たれた未亡人などに、よくモテている。

バリー自身はそういった女たちに言い寄られれば、表面は愛想良く、必要なら付き合い、必要がなくなれば綺麗に別れるというのを繰り返している。基本女性には親切丁寧だが、女性というものを心から想ったことはない。傍（はた）から見ればチャラチャラと女の間を行き来しているように見えるが、女性に対してはかなり冷酷だ。

「一度キリさんと、２人っきりになったことがあるんですよ。エール街に向かう途中だったんですけど」

あまりにキリさんがシーナちゃん一筋なので、いつもの愛想のいい軽口を叩いたそうだ。

「一生懸命シーナ様に仕えるのもいいけど、少しは肩の力を抜いてもいいんじゃないですか？俺ではあなたの支えになれませんか？」

バリーはそう言ってキリさんに言い寄ったという。その時には、シーナちゃんの利用価値に気づいており、取り込むために意図してキリさんに近付いたらしい。

「でもキリさんに言われたんですよ」

『私に対して懐柔は無駄です。私はシーナ様のお心通りに動き、命懸けで守る、そのためならなんでも利用する。あなたがそうしているように』

その時はまだ俺の正体はバレてはおらず、バリーと俺は冒険者仲間ということにしていた。それはあっさり見破られていて、その上、バリーの忠誠心まで見抜かれていた。

バリーの俺に対する態度は、周りから見れば、王族に仕える側近とは思えない。口も悪いし、顎でこき使うし、態度は不敬の塊だ。

しかしそんな態度は、俺を害そうとする不穏分子どもを炙り出すためのものだ。俺を嵌めようとか、上手く取り込もうとか企む者どもを軽薄な態度で誘き寄せ、情報を吐き出させ、その末端まで葬り去る。そのためなら何を犠牲にしても構わない。そういう守り方をする男だ。

だから俺はバリーがどんなに悪口雑言を吐こうとも、粗雑な扱いをしようとも、気にはならない。不敬だが、腹は立つが、側におく。バリーが裏切るなどと考える必要がないからだ。

それを、キリさんはあっさりと見破っていた。エール街で俺の身分がバレた時、彼女も驚いていたから、俺の素性などはよく分かっていなかっただろうが、バリーがどういう立ち位置なのかは、分かっていたのだろう。

「俺、女の子って可愛いけどバカで強かで強欲で欲望に忠実で自分に都合の良い夢しか見ない生き物だと思ってたんですけど」

駆け引き塗れの付き合いしかしてこなかったせいか、俺の側近の女性を見る目は大分捻くれ、ねじ曲がっている。まあ俺も、人のことはいえないが。

「キリさんはシーナ様を守るためなら、なんでもする人なんですよ。シーナ様が追放された時も死ぬ可能性が高いのに、迷うことなく供をして、魔道具のお陰もあったでしょうが、あのグラス森で魔物相手に死に物狂いで腕を磨いた。シーナ様を守るためなら、何を犠牲にしても構わないと覚悟を決めている。だから俺の戯言(ざれごと)も見抜いたんでしょうね」

同族ですからと、ヘラリとバリーは笑う。

「ああ、こんな子がいるんだと感動したんです。それで気になって、ちょっと本気でアプローチをしていたんですけど。キリさんがこれほどまでに入れ込んで守っているシーナ様は、どんな人なんだろうと思っていたら……」

カイラット街の魔物襲撃の時に、俺とキリさんがシーナちゃんには怪我人の回復に徹して欲しいと言った時に、泣きながらブチギレられ、バリーは雷に打たれたような衝撃を受けたらしい。

ガリガリの痩せ細った15歳の少女に、もう誰も死なせてなんかやるもんか、と啖呵を切られ、民を守るために自分を利用しろと怒られた。アレは確かに俺も衝撃だった。あの時の涙と泣き顔が、心の底から綺麗だと思った。あの時から、俺は自分の心を誤魔化すのは止めたのだ。

彼女が、どうしようもなく愛しくて、手に入れたいと心の底から思った。

「その時、キリさんが守っているのは本物の聖女なんだと思ったら、俺、嬉しかったんですよ。なんだか、認められたみたいで」

あなたがそうしているように。そう言われたのだ。

本物の聖女を守る人から。

あなたも、私のように、本気でその人を守っているんでしょうと。

「そう思ったら、もう、本気で欲しくなったんです。きっとキリさんなら、俺がジン様を守るために、何を犠牲にしても分かってくれるだろうって思ったら、たまらなくなりました」

そう語るバリーの目は、熱に浮かされたような色を孕んでいる。

それにしても、主従揃って同じタイミングで、恋を自覚するとは。

「もう家の方は根回し済みです。キリさんが平民だろうが孤児だろうが他国民だろうが、構いません。必ず妻にします」

コイツが外堀を埋めたのなら、もう逃げ場はないだろう。キリさんも哀れな。しかし一筋縄ではいかないだろうな。

「外堀を埋めてばかりで、肝心の内部はサッパリだな？」

「いや、そこはこれからじっくりとですね」

「いや、エール街でのあの言葉は致命的だぞ。ただでさえ女性からの反感を買うだろうに、その上、シーナちゃんのことだったからな？」

「なんのことです？」

キョトンとしているバリーに、俺は呆れた。

「忘れたのか？　エール街の冒険者ギルドで、シーナちゃんの年を聞いた時、お前、ぺったんこだと言っただろう。あの一言は最悪だぞ？」

バリーの趣味嗜好（巨乳好き）は分からんでもないが……。しかし、シーナちゃんは断じてぺったんこではない。まだ成長途中なだけだ。最近は少しずつ……。いやいや。止めよう、考えるのは。

「……は？　俺、そんなこと……。い、言ったような気が……。え？　き、聞こえてたんですか？」

「聞こえていたんじゃないか？　キリさんの表情が、あの瞬間に抜け落ちたし」

バリーの声にならない悲鳴が、夜の静けさの中にひっそりと消えていった。

＊＊＊＊＊

契約とか利潤とか収益とかのお話がようやく終わった……。

あまりに大金だったので、怖くなって泣きながらキリに励まされたのが2回、交渉から逃げ出そうとして捕まったのが3回。宝くじ1等が何回分かなー、庶民にはどう使ったらいいか分からないやー。ははは。

それにしても、手続きがこんなに大変だなんて知らなかった。今なら分かる、バリーさんのすごさが。こんなに面倒なことを、同時並行でいくつもこなしていたなんて、あの人、天才！

いつもありがとう、バリーさん。ちょっとだけキリにバリーさんは頼りになるねとアピールをしておいたよ。帰ってきたら、ちょっとだけキリの目が優しくなっていると思うよ。

気がつけば、今日の昼にはジンさんたちが帰ってくる予定だ。まぁ、予定も何も、毎日、伝令魔法とイヤーカフでやり取りをしているから、今日帰ってくるのは確実なんだけど。

毎日の連絡の中で、ジンさんの声が段々暗くなっていくのが怖かった。

毎日毎日、「あと5日、今、アドーリ街だ」とか、「あと3日、今、ルータス村だ」とか連絡がくるんだよ。だんだん近付いてくる、某都市伝説を思い出したよ。

バリーさんが「シーナ様のお陰で、小金が儲かりました」って言ってたけど、なんのことだろう。

今日は、キリは侍女さんたちのお手伝いをしている。王太子御一家と他国のお客様がいらっしゃるからね。王宮の中はてんてこ舞いなんだって。

わたしの護衛に付けないと渋っていたけど、必死の形相の侍女さんたちに引きずられていった。何かあったらイヤーカフでお知らせするので、大丈夫よ。

何はともあれ、ジンさんたちが帰ってくるから、お帰りなさいパーティの準備をしよう！

侍女さんたちが作ってくれたレース付きの可愛いエプロンを身につけ、張り切って料理をしますよ！

調理場に行くと、料理長のナリトさんをはじめとする料理人さんたちが、出迎えてくれた。ムキムキが多い。マリタ王国では料理人＝ムキムキなのかな。ナリトさんは細いけどね。

「お待ちしていました、シーナ様。本日はどんな料理をご教示いただけるのでしょう？」

「ご教示なんてしないよ。ジンさんのお帰りなさいパーティ用のご飯を作るだけだからね？」

「はっはっはっ。シーナ様は謙虚な方ですね」

ナリトさんが朗らかに笑う。いや、謙虚とかじゃないよ、本音だよ。

そういえばジンさんに、帰ってきたら何か食べたいものがあるか聞いてみたら、「シーナちゃんの作った肉、シーナちゃんの作ったサラダ、シーナちゃんの作ったスープ、シーナちゃんの作ったザロス、シーナちゃんの作った……」ってエンドレスで止まらなくなった。怖いよ、ジンさんが帰ってきたら、わたしが食べられるんじゃなかろうか。

とりあえず、一般的なパーティメニューでもいいよね。

わたしはナリトさんに用意してもらった鶏肉っぽい何かの肉を一羽丸ごと使って、ローストチキン？　らしきものを作ることにした。

内臓を取り、綺麗に洗って、塩、胡椒、薬草で味付けし、中には別で用意していた味付けしたザロスを詰める。前世では手抜きして、冷凍ピラフを詰めてたな。それを20羽分。多いかな？でも、兵士の皆さんはよく食べるからね。多めに作った方がいいって、ナリトさんに言われたんだよ。

今回は他国の王太子という胃が痛くなるようなお客様もいるけど、そちらはナリトさんが伝統的なマリタ王国の料理を用意してくれることになっている。だってわたしの料理は身内向けの簡単楽しいパーティ料理だもん。

あとはオーブンにお任せ。さすが王宮の調理場。大型オーブンが5台もあるよ。

次にローストビーフの準備。これは昨日から仕込んでおきました。レッドカウの塊肉を取り出して、肉の全面に満遍なく塩、胡椒、薬草をすり込み、寝かせておいた。他の料理人さんたちにお願いして、フライパンで焼き色をつけてもらい、オーブンに入れる。

昨日の仕込みの時に、味付けして続きは明日！　と言ったら、料理人さんたちから絶望の声が上がった。味見を楽しみにしていたみたい。今日は張り切って焼いてくれています。味見はいいけど、つまみ食いはダメですよー、特にナリトさん。痩せの大食いめ。

あとはジンさんの好きなシチューとか、唐揚げとか、ポテトサラダとかを作った。ポテトサラダ用のマヨネーズは壺で攪拌(かくはん)ですよ。わたしの頭上で回しましたが何か？

彩り的にトマトとブロッコリーがあったら華やかなんだけどなぁ。あの２つは、素人パーティー料理の必需品じゃないかと思う。パプリカとかも。簡単に色鮮やかになるよね。

そうだ。毎度お馴染み、鑑定魔法さんに聞いてみよう。教えて！　鑑定魔法さん！

あるわよ！　と脳裏に示されたのは木に生えてるブロッコリーモドキと、水に浮かんでいるトマトモドキ。ブロッコリーと、トマト、だよね？　見慣れない光景に目を疑った。

鑑定魔法さんの説明を見てみる。

カルーノ(ブロッコリー)。カルーノの木になる実。ブロッコリーに味と食感が似ている。栄養価が高い。

リュクリ(トマト)。綺麗な水中で育ち、大きくなると茎から離れて水面に出る。茎から離れると１日で痛むので、すぐに収穫すること。トマトに味と食感が似ている。生食可。栄養価が非常に高い。

おお、素晴らしい。

わたしはすぐにナリトさんに訊ねた。怪訝な顔をされたけど、教えてもらえた。

「カルーノとリュクリですか？　庭にありますけど」

カルーノはすぐに見つかった。ふおぉぉお！　木にブロッコリーが生(な)ってる！　直に見るとすごい衝撃。盆栽の松っぽいシルエット。シュールな光景だわ。

庭師さんに収穫してもらい、状態を確かめる。うん、新鮮！　素晴らしい。成長が早いので3日に一度は形を整えるため、刈り込みをしなくてはならないらしい。ぷぷ。ブロッコリーの刈り込みって。

次にリュクリを探しにいく。王宮の庭には小川が流れていて、覗き込むと、はははっ！　鈴鳴りのトマトが水中に。水底に近いところに、一房10個ほどのトマトが揺らめいていた。

小川の流れはとても緩やかで、その緩さがリュクリの生育に合っていたのか、刈っても刈っても生えてくるんだって。実が毎日浮かんできて、放っておくと腐って水を汚すので、毎日網で掬っているんだって。大変。

掬ったリュクリの実をどうしているのかと聞いたら、焼却処分していると言われた。焼きリュクリ？　いやー！　せっかくのリュクリが！　スタッフで美味しくいただいて！

カルーノとリュクリは食料とみなされていなかった。くうぅ。なんてもったいない。カルーノは観賞用として。リュクリは血の色なので忌避(きひ)されているのだとか。

わたしは庭師さんに、カルーノとリュクリはこれから捨てないで、わたしの元に届けて欲しいとお願いした。庭師さんは怪訝な顔をしていたけど、了解してくれたよ。

調理場に戻ると、ナリトさんが眉を顰めていた。

「まさかそれを食べる気ですか？」

わたしはニヤリと笑う。

「カイラット街で初めてザロスを調理した時、ナリトさんのお父さんも同じこと言ってた」

その言葉に、ナリトさんはハッとして、すぐに料理人の目でカルーノとリュクリを見る。

わたしはカルーノを切り分け、サッとゆがく。今日は彩り用だから、軽くお塩を振るのみ。

リュクリを生のまま口に運ぶと……。味が濃くて美味しい！　甘味もあって果物みたい！

わたしが美味しい顔をしていたせいか、ナリトさんが意を決して、カルーノとリュクリを口にする。

「……美味しい、普通に食べられる」

「ねー、美味しいでしょう！　さて、飾り付けようっと」

ポテトサラダにカルーノとリュクリを飾り付けると、一気に彩りが良くなった。困った時のカルーノとリュクリだよね。

まだリュクリが残っているので、皮を湯むきしてペーストにする。刻んだお野菜と少々の薬草を加え、ミンチにしたお肉を入れて角切りのリュクリを入れて煮込み、塩胡椒で味を整えると、あっさりしたミートソースのでき上がり。パスタに絡めて……、美味しそう！

ナリトさんがパスタを一口味見した途端、真顔でミートソースの鍋に向かったので、他の料理人さんたちが必死に止めてた。ナリトさんが鍋いっぱいのミートソースを食べ尽くしそうだったんだって。前に雑炊を鍋いっぱい食べた時と同じ顔してたんだって。さすがに鍋いっぱいのミートソースは無理だと思うけど……。

「俺はバカだ。リュクリの美味さを知らずに、この年まで生きていたなんて」

ナリトさんが鍋の前で顔を覆ってへたり込んでいる。そんなにですか？　そうですか。

「リュクリは生でも火を通しても美味しいよね。サラダに入れたりソースにしたり。まだ色んなレシピあるから、作ってね、ナリトさん！」

「はい！　シーナ様！　我々を美食の高みにお導きください！」

そんな高みにいった覚えは、わたしもないので無理です。

出来上がった料理を見て、ふぅっと満足の息を吐いた、
あとはジンさんたちが帰ってくるのに合わせて、でき立て熱々の最高の状態で、出すだけだ。

「今回はそんなに目新しい料理はなかったけど、まずまずの出来だよね！」

「新たなメインディッシュ2品に、カルーノとリュクリまで調理して、何を言っているんです」

呆れた顔のナリトさんに、わたしは首を傾げる。

「お肉は味付けをして、焼いただけだよ？」

「味付けに薬草を使うところがそもそも新しい手法だっていうのに、ザロスをタ一ロスの腹に詰めるなんて。それにあのリュクリのパスタ。あぁ、リュクリがあんなソ一スに化けるなんて……。誰が想像します？」

ターロスって鶏肉っぽい何かの名前か。唐揚げの肉もこれだったな。鶏の旨みを吸ったお米はとっても美味しいよね。

リュクリはまあ、そのままでも美味しいから、素材が良いってだけだしなぁ。

「美味しくて、みんなが喜んでくれたらそれでいいじゃない」

「それで済むと思ってらっしゃるシ一ナ様もすごいですよね。新たな食材なんですから、もちろん陛下と王妃様にも、ご報告申し上げますからね！」

ナリトさんが不穏なことを言ってるが気にしなーい。これはただのお帰りなさいパーティ料理だもんね。

その時、どこからか歓声が聞こえた。

反射的に窓に近付くと、赤地に獅子の紋章の旗が遠目に見えた。第4王子旗だ。

紫地に獅子の紋章の王太子旗と、初めて見る旗、白地に金の鷲の紋章の旗は、隣国ナリス王国のものかしら。

わたしは1人で青くなる。

支度があるから、料理が終わったらすぐに部屋に戻るよう、侍女さんたちに言われてたのを思い出したのだ。

ナリトさんたちにあとを任せ、わたしはダッシュで部屋に戻った。

走りながら、自然と頬が緩んだ。

ジンさんが、帰ってきた。

3章　聖女は求婚される

「ぐぇぇぇぇ！　なんか出るぅ」

「も、う、ちょっ、と、です！」

「シーナ様、頑張れー！」

「ここが我慢のしどころです！　ここを過ぎれば楽ですから！」

侍女さんたちの応援の声が遠くに聞こえる。

わたしの後ろで侍女長のマリアさんが、容赦なくコルセットを締め上げている。いや、苦しい！　出るから、絶対なんか出るよ！

「ふぅ！　シーナ様の体調を考えて、緩めにいたしました」

「優しい！　〝締め上げのマリア〟と言われた侍女長様が加減するだなんて！」

なんて物騒な二つ名！　あの優しい侍女長さんが、伝説のヤンキーみたいな呼ばれ方している。

「こ、これが緩めなんて……。淑女ってドレスを着るだけで偉大……！」

「さぁさ、シーナ様。これからが本番でございます。ただいまジンクレット殿下は陛下に帰還の報告中、それが終わりましたら、晩餐までの間に、しばし時間がございます。その時は絶対に！　必ず！　こちらにいらっしゃるので、早めにお支度いたしましょうと私、あんなに申し上げましたのに……。シーナ様ったら、調理場にお篭りになられて、帰っていらっしゃらないし。本来ならば朝から入浴、マッサージ、お肌の手入れのスペシャルコースのご予定が、入浴のみに……。私、断腸の思いでございます！」

ニコニコしながら迫る侍女長さんが怖くて、わたしはキリの背に隠れる。

「約束破ってごめんなさい……」

キリの背からそっと顔を出すと、激オコの侍女長さんと侍女さんズ。ニコニコしてるのに怖いぃ。だってー。

「ジンさんに美味しいご飯食べさせてあげたくて。夢中になっちゃった。時間を守れなくて、ごめんなさい」

ううう。でも約束破るのはいかん。社会人として、時間を守れないのは致命的だ。怖いけど、いざ、怒られます。

キリの背から出て、キュッと目を瞑る。さぁこい、お説教！　存分に反省させていただきます！

でも、……あれ？　待てども待てども雷が落ちてこないので、わたしがそっと目を開くと。

「くぅっ！　怒れない！　なんて可愛い理由なの？　ここにジンクレット殿下がいたら、間違いなく襲ってるわ！」

「侍女長様！　侍女長様！　私たちには叱るなんて無理です！」

「悔しい！　せっかく隅から隅までお磨きするチャンスがなくなって辛いのに、悶絶するほど可愛い！」

侍女長さんを中心に、侍女さんたちが涙目でプルプルしていた。あれ？　お説教は？

「シーナ様。皆さん、シーナ様のお支度のために早くから準備をなさっていたんですよ？　次から時間はキチンとお守りください」

キリがわたしを覗き込み、メッと叱る。はい、すみません。二度としません。

侍女長さんたちがわたしにドレスを着せ、いつもは下ろしている髪を結ってくれる。首がスースーする。鎖骨から胸元が露わなデザインなので、油断すると風邪を引きそうだ。こんな真冬にこんな寒い格好で笑顔でいるなんて、やっぱり淑女って、ドレスを着るだけで偉大だ。

いつもはスッピンだけど、ほんのりお化粧をされて、鏡を見る。おおう、馬子にも衣装！

ドレスは薄い青色、コルセットで絞った腰から下に、シフォンを重ねたふんわりとしたスカートが丸く広がっている。差し色に、腰には鮮やかな赤いリボン。鎖骨と胸元が露わで、わたしのささやかな胸が、寄せて上げてあるように見える！　侍女さんズ、スゴ技！

香油を塗られたお肌はシットリ。お花のいい匂い。

鏡の前でクルクル回って、後ろ姿を確認して。スカートが広がるのを楽しむ。

「ふぉー！　すごーい！　綺麗にしてくれてありがとうございます！　お姫様になったみたい！」

動きにくいけど、可愛いね！　王妃様たちから山ほどドレスをもらってどうしようと思っていたけど、たまにはドレスも良いもんだ。

「くうぅ！　想像以上の可愛い仕上がり！　我ながら、会心の出来です！」

「大人と少女の中間の、危うい魅力！」

「こちらにいらしたばかりの時より、大きくなられましたわ！　身体付きも、丸みを帯びて女性らしくなってきていますね」

侍女さんズが口々に誉めてくれた。お世辞でも嬉しいです！　ありがとう！

王妃様をはじめとする美しい淑女の皆様に比べたら、ミソッカスなのは分かってるけど。あの美しい方々と同じフィールドにいるなんて考える方が罰当たりだわ。あれはもう、土台の奇跡と努力が結集した美しさだから！　女子力が低いわたしは、己を知ってるのよ。

「可愛くしてもらって嬉しいけど……。他国の王太子様にお会いするのに、ドレスを着る必要があるのかなー？　治療するだけだから、ローブ姿でもいいんじゃない？　晩餐会に出るとはいえ、ちょっと、必要のないドレスアップだったんじゃないかと心配で……」

わたしが気弱にそう言うと、侍女さんたちがまあぁ！　と悲鳴を上げた。

「何を仰っているんですか！　久しぶりの再会なんですよ！　会えない辛さと恋しさと焦燥感で爆発しそうになっているところに、いつもより綺麗に着飾って見せつけることで、より一層メロメロのドロドロに堕として差し上げるんじゃありませんか！　本当はもっと露出の多いドレスにするつもりだったのにぃ！」

「そうです！　でもキリ様が、あんまり刺激が強すぎるのは、暴走を招くと仰るから我慢したんですよ！」

「けど、このドレスもお似合いですぅぅぅ！　可憐さと妖艶さが危うい魅力で！　いつもの活発的な装いもいいんですが、ギャップがもう！　殿方が攫って逃げたくなる気持ちになるのが分かりますぅ！」

「ナリス王国の王太子にお会いするのは初めてだよ……？」

「ナリス王国の王太子を招いての晩餐会、その名目で着飾っていただきましたが、本命は別のところにあります」

侍女長さんの言葉に、侍女さんたちが腕組みをしてウンウン頷く。

「全くですわ！　いつまでもウジウジと……！　さっさと想いを口になさればいいのに！　ボ

ヤボヤしていて誰かに掻っ攫われたらどうするんですか！」

「本当ですよ！　全くヘタレていらっしゃるんですから！」

皆さん何のお話をされているのでしょうか。キリは分かっているのかウンウン頷いている。

「美しく着飾ったシーナ様をご覧になれば、少しは御自覚なさるでしょう。躊躇っている時間などそうないことに」

ますますよく分からないけど、侍女長さんを始めとする侍女さんズは、誰かに怒っているような？

困惑するわたしの前にキリが跪き、わたしの手を取った。キリの優しい目が、真っ直ぐにわたしを見ている。

「シーナ様。私はシーナ様の幸せだけを願っております。ですから、侍女長様たちのお考えに賛同いたしました。シーナ様が今後、どんなご決断をしようと、私はシーナ様のお側を離れません。いつも一緒です。今度こそ、シーナ様を害する者から、この命に代えても全力でお守りします。ですから怖がらず、シーナ様の御心のままに行動なさってください」

「キリ……？」

キリだけじゃない、侍女さんズも心配そうに私を見ている。なんだかよく分からないけど、みんなが味方だってことは分かる。だって、こんなに優しい目をしているからね。

だからわたしはにっこり笑った。

「ヤダよ、キリ。命に代えてなんて絶対」

今日は何かいつもと違うことが起こるのかな。だからキリも侍女さんたちも、こんなに一生懸命、わたしを応援してくれてるのかな。

「大丈夫だよ、キリ。キリやみんながいてくれて、わたしは今、とっても幸せだもの。ダイド王国にいた時は、沢山の仲間がいたのに、ちっとも幸せじゃなかった。仲間のために働くのが苦痛な時もあった。でもここでは違う。みんながわたしのこと心配してくれて、認めてくれて、叱ってくれる。だからわたしも、みんなのこと守りたいし、幸せにしたいの。だからね、そのためなら絶対、負けたりしないもんね！　何がきても、全力で迎え撃ってやる！」

過去のわたしとは違うのだ！

力強くファイティングポーズをとるわたしに、侍女さんズが揃ってため息を吐く。

「シーナ様……！　震えるほど嬉しいお言葉ですが、決意の方向が予想以上にズレています！」

「勇ましすぎます！　カッコイイですけど、乙女心皆無なところが残念です！」

「私のお育ての仕方が悪かったのでしょうか……」

「キリさんしっかり！　あれはもう、元の素質の問題です！　あとはあのヘタレ殿下にどうにかしていただくしかありません」

お互いを励まし合う、キリと侍女さんたち。わたし、何かやらかしましたでしょうか。

その時、扉の外で、何やら騒ぐ声が聞こえてきた。

＊＊＊＊

「何故部屋に入れないんだ！」

イライラと怒鳴ると、恐ろしい顔をした侍女に、ジロリと睨み付けられた。

「シーナ様はまだお支度中でございます。女性の支度中に押し入るなど、紳士としてあるまじき振る舞いでございます！」

古くから仕える古参の侍女だ。侍女長の次に権力を持つ彼女に、口で勝てたことは一度もない。

「で、でもようやく帰ってきたんだぞ！　一目顔を見るぐらいっ……！」

「ジンクレット殿下におかれましては、淑女の下着姿を覗き見る卑しき悪癖がおありになるのですか？」

「し、下着っ……！」

思わず想像しかけて、頭に血が上った。馬鹿な！　そんな破廉恥な悪癖などない！

「そんなこと、するわけないだろう！」

「ではお待ちくださいませ。何より先触れもなく淑女の部屋にいらしてはいけませんと、何度申し上げればよろしいのですか！」

侍女の厳しい言葉に、俺は何も言えなかった。

確かに、俺は暇さえあればシーナちゃんの部屋を訪れている。先触れを送り、返事を待つべきだと分かってはいるのだが……。

「気がつくとここに来てしまうんだ。……仕方がないだろう」

俺の情けない言葉に、侍女は大きなため息を吐いた。

「あ、いたいた！　ジン様！　また勝手に行動して！」

額に青筋を浮かべたバリーが、駆け寄ってくる。ちっ！　見つかったか。

「晩餐用の衣装に着替えろって申し上げましたよね？　ったく、陛下への報告が終わった途端、すっ飛んで行きやがって。まあどこにいるかなんて、分かりすぎるぐらいで助かるけどね！」

バリーの奴に頭を叩かれる。俺は王族だよな？　不敬だろ！

「……分かりましたよ、ちょっと待っててください。あー、侍女様、うちのジン様が申し訳ありません。しかし一目女神の姿を見ないと、伝説のアキュロストのように溶けて消えてしまうかもしれないのです。どうぞ、その美しき御姿を、恋する男に現していただけないでしょうか？」

バリーは恭しく騎士の礼をとる。侍女の顔にふっと優しい笑みがこぼれた。

伝説のアキュロストとは、女神に恋をし、その姿が見れぬまま戦地で散った騎士の名だ。最期まで女神を恋い慕い、その身体は淡雪のように溶けて消えてしまったという。彼を憐れんだ女神は、天に昇った彼を、唯一人己に仕える騎士としたという。マリタ王国に伝わる伝承だ。

昔はなんと軟弱な男だと思ったものだが、今は気持ちが分かる！　すごく分かる！　二度と会えなくなるなんて、考えただけで死にそうだ。

「では騎士殿。美しき女神の支度が整いますまで、お茶でもいかがでしょうか？」

そう言って、侍女はシーナちゃんの部屋に続くドアを、ようやく開けてくれた。

応接室に通され、お茶と焼き菓子が準備されたが、なかなかシーナちゃんは出てこない。身支度を整えているだろう隣室から、時々侍女たちの叫び声が聞こえるが、大丈夫なのだろうか。

「ったく、落ち着いてくださいよ、ジン様。シーナ様から少し離れて、大人の男の余裕を身につけるんじゃなかったんですか？」

「身に付いただろ？　こんなに離れていたんだぞ？」

「『ジン様からシーナ様には連絡しない大作戦』も、１日で挫折していたくせに。こちらからの連絡がなかったら、シーナ様が少しは意識してくれるかもとか仰っていたのは、どこのどなたですか？」

「シーナちゃんに会えず声も聞けずに1日過ごしたら、俺が死ぬ」

「死にません！　馬鹿ですか、あんたは！」

バリーに怒鳴り付けられ、俺は口を閉ざした。

俺がシーナちゃんに恋をしていると自覚したのは、カイラット街襲撃の時だが、この気持ちを彼女に告白するのは躊躇っていた。

理由はいくつもあるが、何よりもシーナちゃんがまだ幼いということが大きい。

出会った頃に比べたら、サンド老の食事指導と投薬のお陰で、少しずつだが成長している。骨が浮き上がっていた頃に比べれば、かなり健康的になってきた。しかしその年齢にしては、やはりまだ小さい。あの薄い身体に欲を持てるかといえば、答えは否だ。俺のような大男が相手だと、彼女を壊してしまいかねない。まだ彼女は15歳。これから大きくなって、女性らしく成長するのを、ゆっくり見守り待てばいい。

「そういうことを言っている猶予は、なさそうですけどね」

ボソリとバリーが呟く。こちらを見る目は『この意気地なしめ』と言わんばかりだ。

「シーナ様は稀有（けう）な方なんです。あの能力が知られれば、どこの国もあの方を欲しがるでしょう。陛下はナリス王国にシーナ様のことを明かしました。どういう意味だかお分かりですよね？

他国にシーナ様の価値が漏れたということです。陛下は本気で我が国の恩人に報いようと考えていらっしゃる。シーナ様に相応しい男が、我が国ではなく他国にいるなら、あの方がマリタ王国から離れることになっても、仕方ないと考えていらっしゃるんです。貴方がさっさと本気で甘っちょろい考えを捨てないと、そもそも勝負の土台にすら上がらずに、シーナ様を掻っ攫われることになりますよ？」

バリーの言葉は、俺に動揺をもたらした。

「だが……。シーナちゃんはまだ小さ」

「だから、あの方は外見が幼いだけで、中身は相当成熟してるって言ってるでしょう！　貴方だって分かっているはずです！　貴方が本気でぶつかれば、シーナ様だって王族嫌悪はあるかもしれませんが、誠実に向き合おうとしてくださいます！　別に今すぐ結婚しろだなんて、俺も言いませんよ。でもシーナ様にお気持ちを伝えるぐらいはしておかないと、本当に他の誰かに取られますよ？　いつまでも言い訳ばかりして逃げないでください。俺が命懸けでお仕えしているジンクレット殿下が、そんな意気地なしだなんて思わせないでくださいよ？」

バリーの怒りの声を遮るように、隣室から侍女が出てきた。

「お待たせいたしました。シーナ様のお支度が整いました」

俺は思わず椅子から立ち上がった。バリーが不満そうな顔をしている。まだ言い足りないようだが、すぐに気持ちを切り替えたのか、にこやかな笑みを浮かべた。

静かに、ドアが開いた。

可愛らしいシーナちゃんが、元気よく飛び出してくるものだと思い、俺は笑みを浮かべてそれを待った。

おずおずと、華奢な女性が歩いてきた。

キリさんがその後ろに付き従い、柔らかな表情で、女性をサポートしている。

茶色の柔らかそうな髪を緩く結い上げ、白く細い首筋が露わになっている。生き生きとした黒い瞳は輝き、白く輝く肌にほんのり赤い頬、プルリとした唇には紅が一差し。

鎖骨から丸みを帯びた胸元はシミ一つなく真っ白だ。青いシフォンを重ねたスカートはフワリと広がり、細い腰に巻かれた赤いリボンがアクセントとなっていた。

「ジンさん！　お帰りなさい！」

不安げな表情がパァッと笑顔に変わり、俺の胸を貫いた。

心臓が高鳴る。顔に血が昇るのを感じた。

「ジンさん、どうしたの？」

無防備に俺に近付き、見上げてくる女性。心配そうな可愛らしい顔から、首筋、鎖骨、胸元に視線が惹きつけられ、俺の心臓はさらにうるさく動き出す。

「……シーナちゃん？」

棒立ちになった俺は、声が震えそうになるのを必死で抑えた。見違えるように美しい女性は、俺の、シーナちゃんだ。可愛くて小さくて、まだ子どもだと思っていた彼女は、いつの間にこんなに危うい魅力を持った女性になったのだろうか。

「良かった。ジンさん、無事に戻ってきた。怪我してない？」

シーナちゃんが俺の手を取り、両手で包み込んだ。俺はたまらず彼女の手を引く。細い腰を引き寄せると、甘い匂いがした。

「ひゃっ？　ジンさん？　急に引っ張らないでよ、ヒールが高いから、コケちゃうよ」

「綺麗だ……。驚いた」

目の前の美しい人から目が離せなかった。

「とても似合っている。俺の色を纏ってくれているようだ。嬉しい」

呆然としたまま呟けば、シーナちゃんの顔が真っ赤になる。

「うぅ、そう言えば、ジンさんの瞳の色みたいで綺麗だから、このドレスにしたの」

紡がれる言葉は、媚薬のように甘い。

「わたし、ジンさんの瞳の色、大好きなの。夏の空みたいな綺麗な色。大好き」

大輪の花が咲き誇るような笑顔に、俺の胸が締め付けられる。

君はどこまで俺を、堕としてしまうのか。

バリーの言う通りだ。

猶予なんて全くない。こんな綺麗な華、見守るだけではあっという間に、誰かに摘み取られてしまう。

俺はシーナちゃんの身体を離すと、手を取って、その指先に口付けた。

「待っていてくれ」

俺はシーナちゃんにそう告げ、部屋をあとにした。


王宮の敷地内にある庭園。そこには、色とりどりの、美しい花々が咲き誇っている。

どれも美しい花だ。華やかで、優雅で。王宮を彩るのに相応しい。

だが、俺の大事な花は、こんなに色鮮やかで、匂い立つものではない。

小さくひっそりと咲いていて。だけど大地にしっかりと根を張り、その優しさで、人を惹きつけずにはいられない花だ。

そんな彼女を彩るのに、相応しい花。俺は庭園中を探し回った。

「あった」

目当ての花を見つけ、俺は思わずそこに跪いた。

シュラクの花。マリタ王国にしか咲かない、白い花びらが幾重にも重なった、小さな花。その可憐だが清廉な佇まいは、彼女を思わせる。

慎重に一輪を摘み取った。俺の手の半分ほどしかないシュラクの花は、その柔らかな芳香で不安な俺の気持ちを落ち着かせてくれる。

「似合うな」

この花を身に飾った彼女を想像して、俺は頬が緩むのを感じた。ああしかし、彼女は身に着けてくれるだろうか。俺が贈る花を。

マリタ王国にしか咲かない、シュラクの花。

この花のように、彼女も俺の側で根付いてくれたらと。

心の底から、願った。

＊＊＊＊

ジンさんがすごい勢いで部屋を出ていった。廊下は走っちゃいけませんよー。

いつも変なジンさんだけど、今日はもっと変だな。せっかく会えたのに、もう行っちゃった。

晩餐までの時間は一緒に居るのかと思ってたのに。

つまらなくて口を尖らせていたら、バリーさんが面白そうな顔で、こっちを見ていた。

「バリーさん、ジンさん、何かあったの？」

「えぇもう。雷が落ちたぐらいの衝撃があったみたいですよ」

ニコニコしながらよく分からないことを言うバリーさん。侍女さんたちが顔を見合わせクスクス、キャッキャしている。

今日はみんな、よく分からない話ばかりしているよ。

「バリーさんも、無事に帰ってきてくれて良かった。旅は順調だった？」

ジンさんから毎日連絡もらっていたけど、大丈夫としか言わないし。かえって心配になるよ。

「はい。時々A級の魔物に襲われましたが、私たちの隊で片付けられる数でしたので問題なく。誰も怪我もなく戻って参りました。やはり、魔物避けの香の威力はすごいですね」

「やっぱりA級の魔物、出たんだ……」

街道にまで出るなんて。大丈夫だろうか。

「街道には騎士団を交代で配備する計画です。シーナ様、あまり気に病まないでください。1人でなんでもしようと思わない。マリタ王国には優秀な者が沢山います。皆でどうするか、考えましょう」

バリーさんが優しく諭してくれた。どうしようと1人で焦っていた気持ちが、落ち着く。

「うん、そうだね。わたしもいいアイディアがあったら協力するね！」

「是非よろしくお願いします。シーナ様の協力は心強いですからね」

バリーさんの笑顔を見ているうちに、わたしはハッと気づいた。

「バリーさん！　バリーさんがいない時に、大変なことがあったの！」

「アラン殿下とリュート殿下から伺っていますよ。犯罪組織の捕縛と子ども用具の開発。お任せください」

苦笑いするバリーさんが、神様に見えたよ。

「ううぅ。ごめんね、仕事を増やしちゃって」

「そんなことはお気になさらず。シーナ様は思う通りに行動なさってください。ただし、これからは事前にご相談をいただけるとありがたいです。こちらも段取りというものがありますからね」

「分かった！　何かする時は、ジンさんとバリーさんに相談するね！」

なんて頼りになるんだ、バリーさん。ただの巨乳好きだなんて思っていてごめんね。仕事のできる巨乳好きなんだね。

「ありがとうございます、バリー様。私もできる限りお手伝いいたします」

キリが微笑みながらそう言うと、バリーさんが目に見えて動揺していた。

「キ、キリさんが俺に笑いかけている？　まさか……。ははは、いつもの夢をみているんだ。きっと俺はまだ野営地のテントの中なんだな」

「バリーさんしっかり！　夢じゃないよ。本物のキリだよ！」

わたしはバリーさんに耳打ちする。

「バリーさんのいない間に、契約の話とかお金の話とかで大変だったの。バリーさんが全部こういう大変なことを引き受けてくれていたんだって、わたしたち、改めて気づいたんだよ。だから、しっかりして、バリーさん！　汚名返上のチャンスだよ」

バリーさんの目に光が戻る。でも釘を刺すのは忘れない。

「ただし、キリを口説くならわたしの査定は甘くないよ。キリを大事にすること、女関係を綺麗にすること。キリを泣かしたらタダじゃ済まないからね」

「キリさんを射止めるためなら、それぐらいできなくては、そもそも資格なんてないですよ。シーナ様、キリさんが俺を選んでくれたら、その時は俺にキリさんをいただけますか？」

バリーさんが囁き返してくる。その声には必死さが篭っていた。

「キリがそう望むなら」

キリが幸せになってくれるなら、わたしが反対するわけないでしょ。寂しいけどさ。

「夫婦でお2人にお仕えするのだから、今までと何も変わりませんよ」

笑ってもらっただけで、もう夫婦になったことを想像するとは！　強気だな、バリーさん。

「お2人で、なんの内緒話ですか？」

キリが不思議そうに聞いてくる。わたしはちょっとキリに同情した。

「頑張ってね、キリ。逃げられないと思うけど」

「……はい？　頑張ります？」

顔中に？が浮かんでいるキリだったが、とりあえず頷いてくれた。バリーさんが獲物を狙う目になっている。

その時、ドアがバタンと大きく音を立て開いた。

「ジンさん？」

息を弾ませてやってきたのはジンさんだった。その手には一輪の花を持っている。

ピューっと、バリーさんが口笛を吹いた。

「ジン様、まだ日も沈んでいませんよ？」

「月夜など待っていられるか！」

ジンさんの言葉に、侍女さんたちからキャーッと悲鳴が上がった。

「ま、余裕がなくても仕方ないですよね、こんなに美しく変身されては。では我々は、席を外しましょう。キリさん、さっそくですが手伝っていただきたいことがあります。お付き合い頂けますか？」

「……はい。シーナ様、すぐに戻ります」

キリはわたしを気遣いながら、バリーさんのあとに付いていく。侍女さんたちも、あら私たちも晩餐会の仕事が～とか、花壇に水撒かなきゃ～とか、裏庭に叫びに行ってきま～すとか言って、部屋を出ていく。

最後に侍女長さんも出ていくが、クルリと振り向き私に言った。

「シーナ様。私はシーナ様の倍以上生きており、ありがたくも侍女長という職をいただき、ご令嬢方や若い侍女たちの相談役も務めて参りました。娘も育て上げ、最近は孫もでき、人並みに人生経験もあるつもりでございます」

侍女長さんは、フワリと柔らかな笑みを浮かべる。

「助言などと偉そうなことはできませんが、共に悩み、共に泣き、共に怒ることはできます。ただ、愚痴を聞いて差し上げることも、不安を聞いて差し上げることもできます。だからシーナ様。沢山悩んで、沢山泣いて、沢山笑って幸せになりましょう。私たちがいつでも、シーナ様を思い、お側にいることを忘れないでください」

「侍女長さん？」

侍女長さんは美しい礼をして、部屋を去っていった。

残されたわたしは、同じく部屋に残っているジンさんを見つめた。

「ジンさん、どういうこと？」

みんな、どうしたんだろう。今日は何が起こるの？　わたし、何と戦ったらいいの？

不安になるわたしに、ジンさんは笑みを浮かべた。

「大丈夫。みんなは気を遣って席を外してくれただけだ。今から俺が言う言葉は、シーナちゃんだけに知っておいて欲しいからな」

ジンさんはわたしに近付くと、そっと手を取った。

「シーナちゃんは知っているか？　この国には、古くから伝わる物語がある。その昔、時の王が妻にと願った女性に、月の美しい晩に、一輪の花を送って求婚した。その恋は見事に成就し、2人は終生仲睦まじく、しかもその王の治世は平和で豊かに発展したという」

ジンさんの手にある白い花が、微かな芳香を放っている。

「それ以降、マリタ王国では、月の綺麗な晩に求婚すると、その夫婦は幸せになると言われている」

ジンクスってやつだね。そっかー、幸せな話だね。

「この話にあやかるなら、月の美しい晩まで待つべきなんだろうが……。こんなに綺麗なシーナちゃんを見たら、待つことなんてできなかった」

心臓がドキドキと音を立てた。ジンさんのわたしを見る眼に、熱が篭っている。時折、ジンさんにこんな眼を向けられていることは気付いていた。いつもは、目が合うとすぐに優しい眼に戻っていた。でも今日は、熱を孕んだままの眼でジッと見つめられている。わたしはお腹の底がムズムズするのを感じた。

ジンさんは視線をわたしに向けたまま、わたしの前に跪いた。

彼の手にある一輪の花に、落ち着かない気持ちになった。

よほどわたしが不安気にしていたせいか、ジンさんがふっと優しい笑みを浮かべた。

「大丈夫だ、シーナちゃん。すまない、焦りすぎたな」

握っているわたしの指に一つ一つ唇を落とし、ジンさんは蕩けるような視線を向けてくる。ジンさんから只ならぬ色気を感じる。ガチムチライオンが、ガチムチ色気ライオンに……。ドキドキした。いつもと何かが違うジンさんに。

「察しの悪いシーナちゃんだが、そろそろ、この花の意味には気付いていると思う」

恥ずかしくて逃げたいけど、離れ難くてどうしたらいいか分からない。

「……初めて会った頃は、小さな君に惹かれているのは、妹のように思っているせいだと思った。小さいのにクルクルよく動き回って、みんなのために一生懸命で。でも知り合ったばかりの俺たちにすぐに秘密を喋って。無防備で放っておけなくて、俺が守らなくてはと、思ったんだ」

そういえばあの頃は、ジンさんに心配でたまらんって言われてたっけ。

「でも君の、芯の強さに、心根の優しさに、俺はどんどん惹かれていった。騙されて傷付いても、また信じようと足掻いて、簡単に人を信じられないことを恥じて泣く君を、とても綺麗だと思った。俺は君のように強くて美しい人に出会えたことに、感謝しているんだ。この気持ちは、妹に対するものじゃない。1人の女性に対するものだと気づいた」

ジンさんの称賛の言葉に、わたしは顔が熱くなった。褒められ慣れてないから、どうしたらいいか分からない。それに、美化されすぎだよ。

「そんなに、綺麗な人間じゃないよ、わたし。心の中がドロドロに濁ってて、他人には言えないような恨みや嫉みも、持っているもん」

「そうだな。そういう気持ちは人間なら誰でも持っている。でも君は、その感情から逃げない。ちゃんと向き合う強さがある。逃げてばかりの俺にはその強さが眩しいんだ。君のように強くなりたいと思った。自分の弱さが心の底から恥ずかしかった」

ジンさんは苦笑を浮かべた。

「君の後押しがなきゃ、リュート兄さんと話し合うこともできなかったからな。自分を罰することの方が楽だったんだ」

ジンさんはリュート殿下が右腕を怪我してから、ずっと魔物討伐に明け暮れていた。リュート殿下の腕を奪った魔物に憎しみをぶつけ、その原因になった自分を罰するために危険な討伐を繰り返していた。その頃のジンさんは、氷の王子の二つ名と共に、魔物狂いと呼ばれていた。

「ジンさんはちゃんと、リュート殿下と話し合って、仲直りすることができたよ。わたしはちょっと、きっかけを作っただけだよ」

「そうかもしれない。でもそれは、君に背中を押してもらって、できたことなんだ。君に沢山助けてもらって、沢山の幸せをもらった。俺は君を守れるぐらい、強くなりたいと思った。馬鹿な俺は、君に相応しくなれるまで、君が大きくなるまで、この気持ちを伝えるのはやめようと思ったんだ」

ジンさんが、わたしを真っ直ぐに見つめた。熱を孕んだ瞳に、わたしの心臓が高鳴る。

あぁ、わたし。ジンさんに望まれているんだ。

「でも、今日久しぶりに君に会って、頭を殴られたような衝撃を受けた。君は怖いほど綺麗で、誰もが惹きつけられるほど魅力的な女性だと思い知らされた。まだ子どもだと言い訳して、今の居心地の良さに浸かっていたかった。君に気持ちを打ち明けて、拒絶されるのが怖かった。何もしなければ、他の男に君を攫われて、失うかもしれないのに。気持ちを隠して、君の保護

者のふりをして、君に触れるような卑怯な男が、君に相応しくあるはずない。また逃げて、同じことを繰り返すところだった」

ジンさんが持っていた花を、わたしに向かって捧げる。

小さな白い花だった。真っ白な雪のような花びらが重なっている。派手さはないけど、雪の妖精のような、可憐な花だ。

「シュラクの花だ。マリタ王国にしか咲かない花だよ。花言葉は清廉、優しい心、一途な愛。俺にとっての君そのものだ。頼りないかもしれんが、君の側にいたい。君の幸せも悲しみも、共に感じていたい」

ジンさんの青い目。夏の空みたいな綺麗な青が、わたしを優しく包み込む。

「シーナ嬢。この花を貴女に捧げる。私、ジンクレット・マリタの妻になって欲しい」


しばらくして、バリーさんが遠慮がちにジンさんを呼びに来た。そろそろ晩餐会の準備をしないと、本当にヤバいですよと。わたしの手に白い花があるのを見て、ホッとした顔をしていた。

「返事はよく考えてからでいいよ。どんな返事でも、この国と、俺の君に対する気持ちは変わらない。だから安心して欲しい」

そっとわたしの額に口づけて、ジンさんは部屋をあとにした。

固まっていたわたしは、その瞬間、ヘナヘナと座り込んでしまった。鏡を見なくても分かる。今、絶対、全身が赤い。

「ふぁあぁぁぁあぁぁあぁぁあ！」

色気が！　色気が半端なかった。いやぁ！　何あれ！　わたしあんな人にベタベタくっついていたの？

告白！　人生初告白だよ！　ん？　前世を入れたら2回目か？　いや、そんなことより、告白を通り越して、プロポーズだよ！

知らなかったよ！　ジンさんがあんな風に思ってたなんて！　てっきり妹かペットぐらいに思われていると思ってたよ！　だって、いつから？　いつからあんな風に……！

顔が知らずににやけた。だってさ、あんな風に言われたら。

「嬉しかった」

「さようでございますか。良かったですね」

「つぎゃー！　キリ！　聞いていたの？」

「シーナ様、そのような大きな声で全部ダダ漏れになっていれば、誰でも聞こえます」

困ったようなキリの言葉に、わたしは口を押さえた。

聞かれてた！　聞かれてたよ！

今こんな格好じゃなかったら、ベッドにダイブしてゴロゴロしたいぃ。恥ずかしい！

「キリぃ」

「どうなさいますか、シーナ様。ジンクレット殿下のお申し出は……」

「え、受けたい！　ジンさんと結婚したい！」

わたしの即答に、キリが驚く。

「よ、よろしいのですか？　シーナ様、あれほど、王族との結婚は嫌だと」

「え……？　……あ！　そうだった、ジンさん王族だった！」

忘れてた。というかここ、王宮だ。マリタ王国、実家ぐらい居心地良かったから、すっかり忘れてたけど。そうだった、わたし、王族嫌いなんだった。

「あー。王族？　との結婚になるのか」

あまり、実感が湧かない。ジンさん、王族っぽくないし。

それにダイド王国だったら死んでもイヤだけど。マリタ王国ならいいかなぁ。

「だって、誰もわたしのこと利用しようとしないんだもん、この国の人たち」

それどころか上げ膳据え膳、休み放題、魔物除けの香とか薬草スパイスのお金もドンドン入ってくるし。頑張ったら褒めてもらえて、無理したら怒られて。わたしとキリの受けた仕打ちに怒ってくれて、絶対守るって言ってくれて。

まるでわたしたちを家族のように扱ってくれる、優しい人たちばかりだ。

いつの間にかわたしの中で、マリタ王国から離れたくないという強い気持ちが芽生えていた。

マリタ王国のために、使える力があるならバンバン使って、みんなで幸せになりたい。

「さようでございますね。国が違うと、こうも扱いが違うとは……」

キリも実感しているようだ。外国の血が混じったキリは、ダイド王国では、穢れてるだのと差別されていたもんね。ここでは侍女さんたちとキャッキャッと仲良くできて、楽しそう。

「問題は、わたしが平民で、他国人で、ダイド王国では罪人ってことかな？」

おお、わたしの方に問題だらけだ。途端に不安になる。ヤダヤダ、ジンさんと一緒にいたいのに。

「キリ、どうしよう。ジンさんと結婚できないよぅ」

「その辺はジンクレット殿下がどうにかなさると思いますので心配はないかと……。それより、シーナ様がそれほどジンクレット殿下のことがお好きだとは思いませんでした」

「えっ？」

キリの言葉に、わたしはまた顔が赤くなった。

好き？　そっか。わたし、ジンさんが好きなんだ。

急速に自覚して、わたしは無性に恥ずかしくなった。

「ジンクレット殿下がシーナ様をお好きなのは気付いていましたが、シーナ様が同じ気持ちだとは」

「あの、いや、その、だって、急に結婚申し込まれてビックリしたけど、ジンさんと結婚したいって思って！」

前世のモテ友が、電撃結婚をした時、言っていたことを思い出した。男性にモテまくっていて、よりどりみどりだった彼女が結婚した相手が、言っちゃあ悪いが普通の人だったから。何故彼だったのかと聞いたら、友達としか思っていなかった彼に告白された時、『あ、私この人と結婚するわ』と思ったからだと言ったのだ。

その時は何言っているんだろうと全然意味が分からなかったけど、今日初めて分かった。あぁ、あの時のモテ友は、その時まで、彼が好きなことに気づいてなかったんだろうなと。わたしも、ジンさんが好きなことに気付いてなかったように。

ジンさんの夏の空の目が、優しく細められてわたしを見るのが好きだ。

自分の国や家族を大事にして、全力で戦うところが好きだ。

情けなくて格好悪いけど、それを頑張って克服しようと努力するところが好きだ。

わたしが泣いたら、格好良く解決してくれる訳じゃないけど、最善の策を一緒に考えてくれるところが好きだ。

ジンさんなら、ずっと一緒に歩いていけるだろう。それぐらい、彼のことを信頼している。

ははは。わたし、いつの間にか、ジンさんのことがこんなに好きになっていたのに、全然気づかなかったよ。

「良かった。シーナ様にも、人並みに恋愛感情が育っていて……。ジンクレット殿下のあからさまなアプローチに気付かなすぎて、私のお育ての仕方が良くなかったのかと……」

「アプローチ？　いつ？　どこで？　キリは気付いてたの？」

「あの過保護に見せかけた言動の数々は、全てシーナ様を思うジンクレット殿下の執着心から出たものです。外堀を埋めてシーナ様を逃げられぬよう、殿下も必死でしたから」

何、その怖い状況？　わたし、そんな怖い状況に置かれていたの？　知らなかったよ。感動のプロポーズが台無し！

でもそう言われても、ジンさんと結婚したい気持ちに変化はない。毒されているのかしら、わたし。鑑定魔法さんの気の毒そうな視線が、滅茶苦茶気になります。止めて、そんな目で見ないで。

「キリはシーナ様がお幸せなら、どこにでもついて参ります。ジンクレット殿下のお側で、シーナ様が安心して過ごせるのなら、キリは嬉しゅうございます」

キリが淑女の礼をする。さっきの侍女長さんみたいで、とっても綺麗……、って、あれ？

「ねぇキリ、もしかして、ジンさんがプロポーズするってみんな気づいてたの？」

あのよく分からない話は、考えてみたらそういう意味か？

「気付いてたというか……。あまりに焦れったいお２人にヤキモキした侍女さんたちが、シーナ様を綺麗にドレスアップさせて、ジンクレット殿下を焚き付けようと画策しておりました」

「えぇぇぇぇ？」

「ジンクレット殿下はなかなかシーナ様に手を出さ……告白しないし、シーナ様はジンクレット殿下の、重い、いえ、情熱的なアプローチに全く気づかないし。かと思えばお２人でベタベタとジャレあっているしで、あの２人はどうなっているのかと、関係各所から質問が相次いでおりまして。シーナ様お世話隊の業務にも支障が出ておりましたので、さっさと白黒ハッキリさせようと、侍女長様を筆頭に作戦が練られたのでございます」

ジャ、ジャレあって？　うん、ジャレあっていました。今考えたら、人目も憚らず、ベタベタくっついてた。すいません、お目汚しを。関係各所ってどこですか？　謝ってきます！　恥ずかしくてお城の中歩けないよ、もう。

あのあと、部屋に雪崩れ込んできた侍女さんたちにキャーキャーされていたところ、陛下からサイード殿下に晩餐会の前に引き合わせたいと連絡が来た。

混乱の抜けないまま、わたしは慌ててキリと共に、指定されたお部屋に向かった。顔が赤いのがなおらないよぅ。

「どうしたシーナちゃん。顔が真っ赤だが？　熱がぶり返したのか？」

陛下に心配されてしまった。気にしないでくださいっ！

「貴女がシーナ殿か！　私はサイードだ！　会えて嬉しいよ！」

初めてお会いしたサイード殿下は。陛下とジンさんに似ていた。陛下と同じ赤い髪と茶色の目。ちなみにガチムチ度はジンさん（圧勝）、サイード殿下、アラン殿下、リュート殿下の順だった。ジンさん、レジェンド入りですね。

そこにはジンさんを除く、ロイヤルファミリーが大集合していた。陛下に王妃様、サイード殿下、アラン殿下、リュート殿下。それに王太子妃のルーナさん、息子のシリウス殿下。アラン殿下の婚約者ハンナさん、リュート殿下の婚約者サリアさん。全員揃うと美形がすごい。ファッションショーのモデルの集まりみたい。

王太子妃ルーナさんは、青髪と青い瞳の色白美人。キリリと髪を結い上げ、ピシッと背筋が伸びて綺麗な立ち姿だ。まだ一言も言葉を交わしていないが分かる！　彼女はお姐様だ。

息子のシリウス殿下はわたしより２つ下と聞いていたが、本当に13歳なのだろうか。サイード殿下にそっくりで、眼はルーナさんと同じ色だった。大きいなぁ。こっちの子どもは前の世界より発育がいい。高校生ぐらいに見える。

アラン殿下の婚約者ハンナさんは、蜂蜜色の髪で少し垂れ気味の碧の眼が色っぽい美人さんです。ふぉぉ、すごい色気がっ。この方も初めましてだ。しばらく領地に帰っていたんだって。真面目なアラン殿下が、嬉しそうにデレデレしてる。

「シーナと申します」

初めましてな皆さんに向かって、侍女長さん直伝の淑女の礼をとった。ルーナお姐様とハンナさんが、優しい笑みで頷いてくれた。

「なんだ、僕より年上だと聞いていたのに、小さいな」

せっかく良い気分だったのに、13歳のシリウス殿下に、馬鹿にするように言われた。

ふっ。大きければ大人だと思っているガキンチョに言われたからって、傷ついたりしないもんね。……しないもんねっ！

そう思って黙っていたら、王太子妃ルーナさんがスッと表情を消して、シリウス殿下の頭を殴った。スパーンといい音がしましたよ。

「淑女になんと無礼な。このうつけ者が」

「母上！　しかし！　僕はこんな女が婚約者だなんて、嫌です」

「たわけが！　淑女をこんな女呼ばわりするお前のようなうつけに、婚約者など百年早い。シ

ーナ殿はお前の婚約者になどもったいなさすぎるわ。今宵（こよい）の晩餐会が終わればその性根を叩き直す故、覚悟しておけ」

ギロリっとシリウス殿下を睨み付け、わたしに向かってすまなそうに一礼するルーナお姐さま。ルーナお姐様、やはりあなたはお姐様なんですね。

そしてシリウス殿下。わたしはあなたの婚約者にはなりませんよ。そういえば前に、アラン殿下からシリウス殿下との婚約の話をされたな。あの話を未だに引っ張っていたのか。

「シリウス。君とシーナ殿の婚約は絶対、金輪際（こんりんざい）ないから。余計なことを言わないように」

アラン殿下が笑いながらそう言った。チラッとこちらを、意味ありげに見ている。

「そうねー。ないわねぇ。残念ね、シリウス。それにしても、あのバカ息子にしちゃあ、良くやったわー。上出来ね」

王妃様がニコニコと追従する。わたしはまた、顔が真っ赤になるのを感じた。

「遅くなった、すまない」

そこに、支度を整えたジンさんがやってきた。バリーさんも一緒だ。

晩餐会用に正装して、髪をオールバックに撫で付けたジンさんは、いつもより2割増しで格好良く見えた。

そしてわたしを見て、ジンさんが息を呑む。

青い眼が、驚きに見開かれている。

「シーナちゃん……！」

ジンさんが大股でわたしに近付いてくる。わたしの目の前に立つと、そっとわたしの髪に飾られた、シュラクの花に触れた。

「シーナちゃん、この花を身に付ける意味を……、分かっているのか？」

「……ちゃんと侍女さんたちに、教えてもらったよ」

求婚の際に贈られた花を身につけることは、承諾を意味することを。

わたしはジンさんを見上げ、恥ずかしさに耐えて答えた。

「シーナちゃんっ……！　ありがとうっ！」

ボロボロとジンさんの目から大量の涙が！　わたしは慌ててハンカチで拭いてあげたが、ジンさん、しゃがんで拭いてもらおうとしないで、自分で拭きなさい！　泣きながらデレデレ笑うという、気持ち悪い芸まで身に付けてしまった。

「……ジンクレット。私たちに、何か報告があるんじゃないのか？」

呆れた様子の陛下に、ジンさんが慌てて居住まいを正す。

「はっ！　ご、ご報告しますっ、し、シーナちゃ、シーナ嬢に、求婚、受け入れっ」

涙で上手く発声できないジンさん。ますます呆れる陛下。何故かわたしが申し訳ない気持ち

になったよ。

「先ほどジンクレット殿下より求婚していただきましたので、承諾いたしました」

仕方なく代わりに報告する。ジンさんと手を繋ぐと、ギュッと握り返してくれた。みんなからワァッと歓声が上がり、拍手してもらえた。ありがとうー。

「シーナちゃん。ジンクレットでいいのか。君の嫌いな王族で、しかも親の私が言うのもなんだが、イマイチ頼りなかろう」

号泣しているジンさんを見て、陛下だけでなく王族の皆さんが頷いている。バリーさん、あなたは一応ジンさんの側近なので、頷くのはやめましょう。

「マリタ王国は大好きなので大丈夫です。むしろもう少しわたしのことを利用してください。色々ともらいっぱなしで気が引けます」

お金も沢山もらってるし、待遇もダメ人間になりそうなぐらい素晴らしいし、対外的にも守ってもらっているし、申し訳ないぐらいだ。

「何を言う。シーナちゃんが生み出したものの対価を受け取っているだけだろう？　マリタ王国としてはまだカイラット街の報酬すら渡せておらぬ」

難しい顔をする陛下。わたしはにっこり笑った。

「でもわたしが生み出したものを商品化して価格を決めて、販売ルートを確保してくれたのは、バリーさんや文官の皆さんです。各都市に魔物除けの香が広がるように、兵士の皆さんもザイン商会の輸送に協力してくれました。商品を作って、それを活かすために働いてくれたのは、マリタ王国の皆さんでしょう。その対価をわたしは払っていません。だからカイラット街の報酬をと言われても、受け取ることはできません」

それに。泣いているジンさんを見上げて、わたしは可笑しくなって笑った。

「ジンさんは頼りになりますよ。わたしが辛い時も悲しい時も、一緒に泣いて、一緒にどうしたらいいか考えてくれますから。ちょっと過保護ですけど、わたしのことを信じてくれて、とっても大事にしてくれます。わたし、そんなジンさんが、だ、大好きなんですっ！　足りないところはお互いに補い合えばいいし、困ったことが起こったら、周りの人に相談しながら乗り越えていきます！　わたしがちゃんとジンさんを幸せにしますから、ジンさんのお嫁さんとして認めていただけませんか？」

恥ずかしくて噛んだ上に、途中で何言っているのか分からなくなった！　情けない気持ちで申し訳なくて、ジンさんを見上げると。

「じーなぢゃん……！」

ジンさんが息もできないぐらい号泣していた。わたしのハンカチも絞れそうなぐらいビッチョリだ。キリがそっと代えのハンカチを渡してくれた。できる子だわ、さすがキリ。

「良い心構えだ。ジンクレットは良き嫁を見つけたな」

小さな声でルーナ姐さんが言ってくださいました。わーい、姐さんに褒められたぞー。

「はぁぁっ……。すまんなぁ、シーナちゃん。シーナちゃんを守り切れる、最高の男と添わせてやりたかったんだがなぁ。本当に、ほんっとうに、そこの泣き虫でよいのか？」

陛下が額を押さえて確認する。最高の男なんて、こっちが肩凝りそうな人は嫌です。

「はい！　ジンさんがいいんですっ！　あ、あぁ、でも、すいません……。わたし平民でしかもダイド王国では罪人……」

調子に乗って嫁にしてくれとか言ったけど、そもそも身分的にも賞罰的にもあかんのでは。

「シーナちゃんは我がマリタ王国の恩人にして至宝。身分など瑣末なことよ。気になるようなら王子妃として相応しい家に養女となる手もある。シーナちゃんと縁を結びたがる貴族は多いであろうから、養い親の選定に悩むであろうがな。それに、あの阿呆な国はシーナちゃんを罪人として国外追放の刑に処し、それを国内外に公表している。裁きは終わっているのだから、追放されたあとに我が国の王子と婚姻を結んでも、問題あるまい。そもそも裁判もせずに刑を確定するなど、マリタ王国ではあり得ぬ。彼の国の第3王子は、司法権も持っているとは、国柄の違いとはいえ恐ろしいことよな」

マリタ王国では重罪人は王家の管理下にある司法部により王国裁判にかけられ、罪人の審議を行うそうです。たとえ王子といえども、重罪人の罪を決めることはできない。軽犯罪などは街ごとにある地方の司法部で審議するらしい。これは周辺国でもほぼ同じような司法制度をとっていて、ダイド王国も同じだったはずだけどね。陛下の痛烈な皮肉ですね。

こうして、ジンさんとわたしの婚約は、若干心配はされたけど、特に反対されることもなく、認められた。ジンさんは泣きっぱなしだった。バリーさんに後ろ頭を叩かれていたが、ニヤニヤしながら泣いてた。これを可愛いと思ってしまったわたしは、自分のことながら大丈夫かと心配になった。

約1名、俺の婚約者じゃなかったのか！ と騒ぐお子ちゃまがいたが、ルーナお姐様の鉄拳制裁を喰らい、沈黙していたので問題はないのだろう。

＊＊＊＊＊

「ああああ、どうしよう。ああああああ、どうしよう」

さっきから同じことを繰り返して全く晩餐会の支度が進まないのは、この俺、バリー・ダナンの主人にしてこの国の第4王子、ジンクレット殿下である。

上着に袖を通しては唸り、ボタンを手にかけては唸り、儀式用の長剣を手にしては唸り。

うるさいので何度か殴ったが、殴られたことにも気付かずに唸っている。重症だ。

　原因は分かっている。先ほどジン様は、想い人であるシーナ様に求婚したからだ。想いを告げたすぐあとは、高揚感からか「あとはシーナちゃんの心次第だ。彼女の返事を待とう」とか格好つけて言ってたくせに、時間が経つにつれて、頭を抱えて唸り出した。

「ジン様、こんなに情けない男でしたっけ？　魔物狂いと呼ばれていた時も、もうちょっとマシだった気がするんですけど」

「あああああ、王族は嫌だと断られたらどうしよう。王族やめたらもう一度考えてもらえるだろうか。それより年上が嫌だとか、赤毛が嫌だとか言われたらどうしよう。俺の妻なんて死んでも嫌だとか、他に好きな男がいるとか。シリウスの方がいいと言われたらどうしたらいいのか。土下座してお願いし続けたら、頷いてくれるだろうか」

「本当に聞いてねぇな。このヘタレ！　さっさと晩餐会の準備をしろよ。別に今断られても何度でも申し込めばいいじゃねえか」

　イラッとしながら蹲る大男を立たせて、晩餐会の支度を整えていく。

　正装に身を包み、髪を撫でつければ、そこには完璧な氷の王子、ジンクレット・マリタがいた。燃えるような赤毛に、青く澄んだ瞳、整った怜悧な顔立ち、鍛え上げた堂々たる体躯。夜会で美女たちに熱い視線を注がれ、戦場では兵士たちに熱い視線を注がれる男が、今は頭を抱えて唸り声をあげている。

無理もないかと俺はため息を吐いた。

シーナ様のあの姿、本当に綺麗だった。成人しているとは理解していたが、まだまだ幼いと思っていたのに、着飾るだけであれほど変わるとは。侍女たちが常々、シーナ様を磨き上げたいと嘆いていた意味が分かった。

元々可愛らしい顔立ちだったが、ほんの少しの手入れと化粧で艶やかさが増していた。髪を上げ、露わになった首筋と、鎖骨から胸元にかけての白さといったら、俺ですら目のやり場に困った。非常事態だったとはいえ、カイラット街で、あのシーナ様を抱っこで運んだのか。キリさんが睨むのも分かる。あれはもう、やっちゃいけないヤツだ。

「ほら、ジン様。支度が終わりましたから！　行きますよ！　シーナ様も初めてサイード殿下にお会いするから、不安かもしれないでしょ？　側にいてあげなくていいんですか？」

ナリス王国からの帰り道、サイード殿下から根掘り葉掘りシーナ様のことを聞かれた。カイラット街を救い、アラン殿下と多くの兵を癒し、リュート殿下の腕を治した。ザロスの可能性を広げ、食糧危機まで救い、新たな調味料も開発した。

ここのところマリタ王国に暗い影を落としていた問題を、ほとんど解決に導いたシーナ様の印象が悪いはずがないが、あまりに荒唐無稽な話だ。側で見て聞いていた俺ですら、未だに夢なんじゃないかと思っているので、話だけのサイード殿下にしてみたら、俄には信じられないだろう。何にせよ、早くシーナ様の側にいてあげたほうがいい。

「シーナちゃんが？　そうだな。何してるんだ、行くぞ、バリー！」

待たせたのはお前だろうが！　と言ってやりたかったが、ヘタレの姿は既にそこにはなかったので、俺は怒りを飲み込んであとを追った。

陛下たちの待つ部屋につくと、そこには王族が集結していた。そんな中、小さなシーナ様の髪にシュラクの花が飾られているのを見て、俺は叫び出しそうになった。シーナ様が、求婚の花を身に付けている！　ジン様の妃になることを、承諾した？

もう決断してくれたのか？　もっと時間がかかると思っていたし、絶対断られると思っていた。ジン様がシーナ様に格好良いところを見せたことなんて、ただの一度もないんだぞ。情けなく縋ったり、重苦しい執着を見せたり、ヘタレを露呈したり。俺が言うのもなんだが、どこが良かったんですか、シーナ様。本当に後悔しませんか？　求婚を承諾してもらえるまで、次はどんなアプローチの仕方がいいかとか、シーナ様をマリタ王国に引き留めるにはどうしたらいいかとか、めちゃくちゃ考えていたんですけど。必要なかったのか。こう言うのもなんだけど、シーナ様の好みって、相当変わっているな。

ジン様はちゃんと気付いているのかと目を向けると、極限まで目を見開いて、息を呑んでいる。フラフラとシーナ様に近付き、……オイオイ、泣き出したよ。どうにかしてくれ。こんな情けない姿をさらして、シーナ様の気が変わりませんようにと、俺は女神に心の底から祈った。

その情けないジン様に比べ、シーナ様の凛々しいことといったら。陛下に向かって、ジン様を幸せにすると言い切ったよ。言質(げんち)はとりました。返品は絶対不可です。ジン様共々付いていきますので、よろしくお願いします、シーナ様。

そしてシーナ様、俺や文官や兵士たちの働きもちゃんと分かっていらしたよ。ちょっと感動して泣きそうになった。仕事が増えて大変だったけど、その苦労も吹っ飛ぶよな。シーナ様ってこういう視点もキチンと持ってくださっているのがすごいよなー。貴族って下々のものの働きまで気が回らない人も多いのになー。

キリさんが涙ぐんでいる。幸せそうにジン様に寄り添うシーナ様を見て、綺麗な涙がポロポロ溢れていた。俺もジン様が幸せなのが嬉しいように、彼女も嬉しいのだろう。特に彼女は、5年も過酷な環境にいたシーナ様に仕え、側にいて守ってきたわけだから。

ダイド王国。少し探りを入れてみたら、シーナ様を追放後、しばらくして、グラス森討伐隊は撤退したようだった。兵士と魔術師を大幅に増員しても、高レベルの魔物討伐はままならず、多くの死者や負傷者を出しているらしい。例の洞窟の攻略を始めてすぐに、シーナ様を欠いたための戦力不足で、グラス森討伐隊は魔物たちに蹂躙されたのだろう。今、街道に現れた高レベルの魔物は、討伐隊が原因で森から出てきている。

マリタ王国は魔物除けの香のお陰で被害を抑えられているが、なんの備えもないダイド王国ではどうなっているのか。あの閉鎖的で気位だけは高い国が、他国に救援を求めてくるのは時間がかかりそうだ。その分の皺寄せは、間違いなく力無い民に降りかかる。

もしあの恥知らずの恩知らずな国が、シーナ様と凄腕のキリさんの存在に気付いたらどうなるだろう。我が国の罪人たちを、彼女たちの齎した恩恵と共に引き渡せぐらい言ってきそうだ、馬鹿だから。

だから今回の婚約はシーナ様の身を守るためにも意義のあるものだ。これでダイド王国が何を言ってきても、マリタ王国がシーナ様の後ろ楯になれる。陛下の言い方を借りれば、うちの嫁に何か文句あるのかと言える。

キリさんだって絶対に渡しはしない。何より、俺の妻となる人だ。もしそんな要求してきたら、腕によりをかけてダイド王国を潰してやる。

先ほど、キリさんと仕事のやり取りをしていて気付いたが、彼女の態度がシーナ様の言う通り、軟化していた。俺の言葉を静かに頷きながら聞き、時折、笑みを浮かべてくれた。今までの能面対応が嘘のような進歩だ。これは、俺の妻になってくれるのも近い！　外堀は完全に埋めている。あとは本丸を攻めるのみ。

夫婦してジン様とシーナ様に仕える。それが今の俺の目標だ。

この時俺はとても浮かれていた。浮かれすぎて、注意力散漫になっていた。

このあと、取り返しのつかないミスを犯し、シーナ様に助けられて危うく首の皮一枚繋がったのだけれども。それはもう少し先のお話。

＊＊＊＊＊

ナリス王国滞在中の俺、シリウス・マリタは、父でありマリタ王国の王太子であるサイード・マリタに突然言われた。

「もしかしたら、お前の婚約者が決まるかもしれない」

「婚約者ですか？」

父上によると、婚約者は平民で、隣国ダイド王国の元聖女のシーナという女性だと言う。

「アランから話があったらしい。陛下と王妃がやたらと乗り気でな」

父上は困惑気味だった。隣国の元聖女といえば、新しい聖女を妬んで害そうとし、グラス森に追放になった罪人だ。何故そんな罪人を、俺の婚約者にするのか。

それに対し、母上はいつものように、どっしり構えている。

「陛下と王妃様がそう仰るのなら、何か思惑があるのでしょう。どのみち国に戻るまで、詳しい事情は分かりません。今は考えるだけ無駄でしょう」

母上はそう言って、ナリス王国の大臣との交渉に備えている。魔物の跋扈(ばっこ)により食糧危機に陥りそうな我が国への支援を取り付けるため、ここのところナリス王国の大臣と話し込んでいる。ナリス王国も魔物の被害が出始めているため、なかなか色良い返事がもらえず難航しているようだった。

まだ成人に達していない俺にできることはなく、ただナリス王国のカナンと一緒に過ごすことしかやることはない。カナンはまだ8歳だが利発な子で、ウカウカしているとあっさり俺を超えていきそうで、俺も負けじと勉学や剣術に励んでいる。

俺の目標は、ジンクレット叔父上のように強い男になることだ。剣術も魔法も強いジンクレット叔父上は、兵の指揮にも長け、兵士の間でも男が惚れるほど格好良いと人気なのだ。

ここのところ父上も母上も険しい顔でいることが多い。お爺様とお婆様もお忙しく、叔父上たちも顔を見ることが少ない。どことなく王宮全体がピリピリした緊張に包まれているようだった。

それから数日経ったある日、父上が久しぶりに明るい顔で上機嫌だった。母上も柔らかな雰囲気で、俺は不思議に思った。

「陛下から伝令魔法が届いてな。食糧について目処が立った。魔物の襲撃についても打開策ができた。あと、リュートの腕が治ったそうだ」

「えっ？」

それは最近マリタ王国を悩ます大きな問題が全て解決したと言うことになる。それに、リュート叔父上の腕が治ったというのは、どういうことだろう。学園では、回復魔法では切断された腕や足を治すことはできないと習った。それが、治った？

「リュート叔父上の腕が治ったということは、もしかして……」

俺はハッとなった。カナンの足も治る可能性があるのか？

カナンは3歳の頃、乗馬の練習中に落馬し、馬に引き摺られて左足の踵から先をなくしてしまった。利発で優秀なカナンだが、足のせいで貴族の中には、第一王位継承者として認めるべきではないと言う輩も居るらしい。ナリス王国の現王にはカナン以外の子はなく、あわよくば自分の子を即位させようと言う有力貴族どもの阿呆な主張ではあるが、それでカナンが心を痛めているのを知っている。

父上はナリス王国滞在中に、何度もナリス国王と交渉し、カナンのマリタ王国行きが決まった。屈強な護衛と信頼できる側近や高位の魔術師たちを沢山引き連れ、我がマリタ王国の供や護衛も合わせると、結構な人数でマリタ王国に向かった。

道中は、幾度か魔物に襲われたが、なんとか怪我人も出さずに済んだ。マリタ王国から届けられた魔物除けの香というものが、弱い魔物を退けていたので、行きよりは断然、魔物の数は減っていた。

マリタ王国とナリス王国の国境付近で、ジンクレット叔父上の隊と合流した。久しぶりに会うジンクレット叔父上は、格好良く隊を指揮し、マリタ王国の護衛やナリス王国の侍女たちが数人がかりで手こずっていた魔物を、たった1人で殲滅してしまう。すごい！　やっぱり叔父上はスゴイ！

「ジンクレット？　随分と腕を上げたか？　それに、そのバングルと剣は……」

父上が驚きに目を丸くする。何故か戦う時以外は悄然(しょうぜん)として元気のない叔父上の代わりに、側近のバリーが説明してくれた。

「はい、シーナ様よりいただいたものです」

「聖女殿から？」

「詳しくは陛下からご説明があると思います」

ナリス王国の護衛騎士や魔術師たちも、叔父上のバングルと剣に大騒ぎしていた。俺の目から見ても、魔力を飛躍的に伸ばす魔道具のように見えた。剣からは風魔法が飛び出ていたぞ？　どうなっているんだ？

「それで、ジンクレットのあの様子は？」

ぼーっと空を眺めているジンクレット叔父上。バリーが父上に何かを耳打ちして、父上が目を丸くする。

「はあ？」

またバリーが父上に耳打ちして、しばらくの後、父上が大爆笑した。叔父上の様子を心配そうに見ていた母上をすぐに呼び寄せ、耳打ちする。

「ぷっ、あはははは っ」

母上まで爆笑した。淑女の笑いではなく、爆笑だった。あの母上が、珍しいっ！

「し、失礼……、ふっ、ふふふっ！　は、早くお会いしてみたいものだな」

母上が笑いを堪えながらそう言うと、父上が温かな笑みを浮かべて頷いた。

マリタ王国に着き、しばらくして陛下よりお召しがあった。今日は晩餐会の予定だ。その支度も終えていたので、正装したまま父上と母上と共に陛下の元に参上した。

そこにはシーナと呼ばれる女もいた。

可愛い。小柄ではあるが、茶色の髪を緩く結い上げ、黒い瞳はキラキラと輝き、頬はほんのり薔薇色。首筋から胸元までの肌が輝くように真っ白で、青いふわふわしたドレスに赤いリボンが腰に巻かれ、妖精のように儚気だ。俺より年上だというが、生き生きした瞳は幼子のように輝き、柔らかな表情はハッとするほど艶めいている。

俺は顔が赤くなるのを感じた。あれが俺の婚約者。

しかし俺は、学園に通う学友たちの言葉を思い出した。学友たちの中には、既に婚約者を持つものも多く、彼らは揃って婚約者を甘やかすなという。特に最初が肝心だと。婚約を喜んでいるなんてお世辞でも言おうものなら、あれが欲しいこれが欲しいとねだり始め、断ると婚約が嬉しいなんて嘘なんですねと泣き出す。こちらが強気に出ないと、一生尻に敷かれますと。

俺は気を引き締めた。どんなに可愛くて可憐でも、女は貪欲なものだ。

「なんだ、僕より年上だと聞いていたのに、小さいな」

目の前の女を見下ろして言ってやる。近くで見ると余計に可愛い。キョトンとこちらを見返してくる瞳の綺麗なことといったら。柔らかそうな頬や髪に触れてみたくて、たまらなかった。

なんとか頬が緩まないように気を引き締めていると、後ろ頭にすごい衝撃が走った。

「淑女になんと無礼な。このうつけ者が」

母上に殴られた。目には本気の怒りがある。ヤバい。いやいや、最初が肝心なんだ。最初が。

「母上！　しかし！　僕はこんな女が婚約者だなんて、嫌です」

こてんっとシーナ嬢が首を傾げる。髪に飾られたシュロスの花が揺れ、か、可愛いぃ。

「たわけが！　淑女をこんな女呼ばわりするお前のようなうつけに、婚約者など百年早い。シーナ殿はお前の婚約者になどもったいなさすぎるわ。今宵の晩餐会が終わればその性根を叩き直す故、覚悟しておけ」

「シリウス。君とシーナ殿の婚約は絶対、金輪際ないから。余計なことを言わないように」

母上とアラン叔父上に婚約を全否定される。

えっ？　何故だ？　俺は、本当は、嫌じゃないぞ？　こんな可愛い娘となら、婚約、大歓迎だ！

慌てて父上に視線を向けると、沈痛な顔でゆっくり横に首を振った。え？

そこに遅れていたジンクレット叔父上がやってきた。

男の俺から見ても、カッコイイ。騎士の隊服も似合うが、正装も似合う。遅れたので急いだのか、少し息を乱していた。

ふと気付いた。今日のシーナ嬢の格好は、まさにジンクレット叔父上の色を纏っているなと。ジンクレット叔父上の瞳と同じ色のドレス、腰のリボンは叔父上の髪の色だ。

叔父上がシーナ嬢に近づき、そして、……泣き出した。えええ？

そこからの展開は信じたくないものだった。

カッコイイはずのジンクレット叔父上は終始泣き通し、可愛いシーナ嬢は叔父上の婚約者となった。

どうして……？　俺の、俺の婚約者だったのでは？

正式な決定はまだだが、シーナ嬢とジンクレット叔父上は手を繋ぎ、幸せそうだ。泣いている叔父上はともかく、シーナ嬢の表情を見ていたら、俺の割り込む余地はなさそうだ。母上が、父上を見る時と、同じ表情をしているもの。

退室する時、父上に謝られた。婚約の話は、あのあとすぐに陛下より撤回の連絡があったそうだ。忙しくて伝えるのを忘れていたと。

できれば早く教えて欲しかった。お陰で、母上には鉄拳制裁と性根を叩き直されることになり、シーナ嬢には嫌な思いをさせただけだった。いらん恥もかいた。

こうして、俺の初恋は、始まったと思った瞬間に終わったのだった。

4章　聖女は王太子を治療する

晩餐会は予定通り始まった。

わたしの席は、初めは末席の予定だったけど、急遽ジンさんの隣の席になった。突然の変更で、侍女さんや侍従さんたち、色々調整とかしてくれている文官さんたちに多大なご迷惑をかけることになったんだけど、皆さん戸惑いも見せずサラリと対応してくれた。これがプロというものか。ナリトさんにこっそり食材を渡し、スペシャル賄いで労っていただくようお願いしておいた。連日の準備で疲れてるよね。頑張ろう、みんな。

ナリス王国のカナン殿下は御歳８歳。女の子のような可愛らしい外見からは想像もできないぐらい、しっかりしたお子様だ。８歳で家族と離れて１人で外国に来るのは、心細いだろうに、そんな様子はおくびにも出さない。王族というものは大変だ。

同じく未成年のシリウス殿下は、カナン殿下の兄貴分らしく、あれこれと世話を焼いているが、なんとなく精神年齢的にはカナン殿下の方が上に感じた。俺が世話してやるよ的なシリウス殿下に対し、自分でもできるけどシリウス殿下の顔を立てて世話を受け入れるカナン殿下。シリウス殿下、ルーナお姐様に睨まれていますよー。気付いてー。

さて、ナリス王国のお客様はカナン殿下だけではない。付き添いの侍従さんも山ほどいるし、専属の回復魔術師さんもいる。皆さんナリス王国の高位貴族だ。その人たちのわたしに対する態度は、一言で表すと慇懃無礼（いんぎんぶれい）だった。口調も対応も丁寧。でもわたしのことを全く信用していない。

「再生魔法などと素晴らしい魔法を生み出されたのが、こんなお若い女性だとは。まだ再生魔法の威力にはお目にかかっておりませんが、さぞかし素晴らしい魔法なのでしょうね」

嫌味な口調でそう言ったのはカナン殿下の専属回復魔術師のアダムさんだ。見た目50代ぐらいのツルツルの細身のおじさん。ツルツルなのに髭はフサフサなのは何故だ。そこに全て栄養が取られているのか。

さて。このナリス王国の態度だが。リュート殿下という歩く再生魔法の証人がいるのに、何故ナリス王国の人々が懐疑的なのか。

答えは簡単。リュート殿下の怪我自体が、虚偽だと思われているから。

リュート殿下は腕を怪我して以来、外交をしていなかった。別に腕が動かないせいではない。元々第3王子という立場だったので、王太子であるサイード殿下と比べて外交もそれほど多くこなしていたわけではなかったところに、怪我をしたものだから、それ以降の国外訪問などの外交はアラン殿下やサイード殿下やジンさんが引き受けていた。リュート殿下は内政に多く関わるようになっていたんだって。

　また、腕が動かないのでダンスが必要な夜会などの参加もほとんどなくなり、自然と人目を避ける結果に。怪我をしたという情報はあるが、その状態を実際確認することがないまま数年経ったところで突然、腕が治りました、カナン殿下の足も治るかもしれません、と言われたら、いくら友好国の言うこととはいえ、ナリス王国側としたら、俄に信じられるものではないのだろう。

　自然とナリス王国内では再生魔法を信じる派と、そもそもリュート殿下の怪我も嘘だったんじゃないか派に分かれたそうだ。そのため、カナン殿下のマリタ王国訪問について反対も多かったが、安易に断ればマリタ王国との外交にもヒビが入りかねないため、カナン殿下の守りを厳重にして今回の訪問となったようだ。

　そんな前情報をサイード殿下に教えられていたので、わたしは彼らの態度をにこやかに流した。わたしの席の配置がジンさんの隣になったのは婚約したせいもあるが、怒りで飛び出しそうなジンさんを抑える係でもある。ドウドウ。さっきから立ち上がりそうになるジンさんの手を握って、一生懸命宥めているんだよ。落ち着いてよ、気持ちは嬉しいけどさ。

　あんまりジンさんがガルガルしているので、わたしはジンさんの腕を少し強めに引っ張った。驚いてこちらを向くジンさんに、必殺、モテ友直伝のうるうる目で見つめてやった。

「ジンさん……。ジンさんのためにお料理いっぱい作ったのに、全然食べてくれないね。美味しくなかった？」

　小声でそう言ったら、効果覿面。ブンブンと首を振って、慌てて料理に齧り付いた。

「シーナちゃんのご飯に不満があるはずがない！　って、本当に美味いな！　なんだこれ！　ターロスの中にザロスが入っている？　美味い。美味すぎる……」

「よかった。ジンさんが喜んでくれるかなーと思って、一生懸命作ったんだよ。新作料理もあるから、沢山食べてね」

　ジンさんの食べっぷりにちょっと嬉しくなりながら、わたしはにっこり笑った。うん、ジンさんの注意がナリス王国の皆さんから逸れた。そのままご飯に夢中になっていなさい。

　気付けば会話が少なくなり、マリタ王国の面々は黙々と食事に専念している。無言の晩餐会。いいの？　社交しなくていいの？

「美味しい！　このパスタ、初めて食べる味です！」

　カナン殿下がリュクリのパスタに目を輝かせています。あら？　ナリス王国の皆様の晩餐は、ナリト料理長が腕によりをかけて、伝統的な料理を出すのではなかったの？

　バリーさんが小声で教えてくれたところによると、ナリス王国側に晩餐会メニューについて打診したところ、マリタ王国側と同じメニューを希望したとか。いいのか、元は雑草と言われるザロスとか、食用として使用されていなかったリュクリとカルーノを使っているよ？

心配でナリス王国側の様子を見てみると、うん、黙々とバクバク食べているね。お口に合ったようで良かった。

「ナリス王国でも聖女様の料理は評判なんです。魔物除けの香と一緒にザイン商会から料理法が伝わって、ザロスも見直されています。今度はリュクリとカルーノだなんて。こちらの料理法も我が国へ伝えていただけるのでしょうか？」

お米様の偉大さは、国を越えていた。さすがお米様。日本のソウルフード。

カナン殿下の弾んだ声に、わたしはチラリとバリーさんを見る。判断はバリーさんに丸投げですよ。にっこり微笑んで頷いているので、大丈夫のようですね。

「はい、カナン殿下がそうお望みでしたら喜んで」

にこやかな陛下や王妃様を見ると、この回答で良かったようです。

リュクリはたくさん調理法があるし、カルーノはシチューに入れてもチーズをかけて焼いても美味しいよね。わーい、何作ろうかな。

「聖女様は野性味溢れる食材にも、お詳しくていらっしゃる。さすが戦場でお育ちになった方は違いますなぁ」

アダムさんがイヤミっぽくそう言った瞬間、マリタ王国側の空気がヒヤリとしたものに変わる。

皆さん落ち着きましょう。アダムさんの前の皿には、野性味溢れる料理がてんこ盛りですので、イヤミにイマイチ破壊力がないですよー。髭にミートソース付いてるぞ、おっさん。

そう思ってわたしはニコニコしてたんだけど、晩餐会の空気がこれ以上悪くなるのもアレなんで、反撃に出ることにしました。

「まあ！　やはり戦場育ちのわたしの作った料理は、アダム様のお口には合いませんでしたか。分かりました。こんなこともあろうかと、料理長にお願いして、マリタ王国の伝統的な料理もご用意しているんです。すぐにお取り替えいたしますね」

ニッコニコのバリーさんが自ら給仕をしてくれて、ナリトさん渾身の晩餐会メニューが運ばれてきました。野性味溢れる料理はもちろんお片づけさせていただきますよ。

「なっ！　だ、誰も食べないとは言っていない……！」

「まあ、ご無理をして食べていただくなんて心苦しいです。やはり目新しいものより、口慣れたものの方がよろしい方もいらっしゃいますものね？」

他のナリス王国の面々を見回すと、他の方々は揃って首を横に振り、美味しいなぁと料理を口々に褒めてくださいました。ありがとうございます。お口に合わないのはアダム様だけのようですね。ほほほ。

「そちらのお料理も料理長が腕によりをかけたものです。どうぞ、ご堪能ください」

そうアダムさんに微笑みかけると、アダムさんはそれ以上何も言えなくなりました。

食べ物を馬鹿にする人には、美味しいものは当たらないという教訓です。ははは一。

アダムさんが滞在中は、彼だけ別メニューだなぁと、優しいわたしは考えていましたよ。ふふふ。


晩餐会の翌日。さっそく、ナリス王国のカナン殿下の治療を行うことになった。

場所はサンドお爺ちゃんがいる王宮魔術師棟。イーサン君が出迎えてくれました。他の魔術師さんたちも熱狂歓迎してくれた。思いもよらぬ歓迎ぶりに、首を傾げる。いやいや、握手もサインもしませんよ？

「シーナちゃんが教えてくれた再生魔法で色々研究が進んでなぁ。忙しいんじゃがみんな魔術バカじゃからのぅ。喜んでいるんじゃ」

魔術師さんたち、全員、青い顔で目の下に隈を作っていた。みんなでニッコリ笑わないで。

昔見た映画に出てきた幽霊そっくりぃ、ひぃぃぃぃぃ。

「今日はよろしくお願いします、聖女様」

今日も女の子のように可愛らしいカナン殿下。ピカピカの素敵な笑顔ですね。

「もう聖女ではありませんので、どうぞシーナとお呼びください」

釣られて笑顔でお願いすると、カナン殿下は生真面目に頷いてくれた。カワユイ。

カナン殿下の足を診察すると、左足の付け根から色が変わっていた。

身体に合わせた杖をつき、しっかりと歩いているが、左足を庇って歩くせいか、右足や腰にも痛みがあるみたい。鑑定魔法さんの所見です。

「私も見せていただきますぞ！　いやはや、楽しみだ！　一体どんな魔法でカナン殿下を治すなどと仰るのか」

信用度０、イヤミ度１００のアダムさんが、今日も元気にイヤミを炸裂させている。朝から爽やかなイヤミですね。

ちなみに、今日の朝ご飯はシーナちゃん特製のサンドイッチだった。燻製肉と野菜を挟んだガッツリサンドと、ゆで卵とマヨネーズの優しい卵サンド。お好きなものをお選びくださいといってお出ししました。カナン殿下は目をキラキラさせて、卵サンドを選んでいたよ。ジンさん？　両方朝からガッツリだよ。皿に山のようなサンドイッチタワー。よく食べるなー。

もちろんアダムさんには料理長が作った渾身の朝ご飯だよ。パンに卵料理にスープにサラダ。サラダは塩のみ。わたしの料理はお口に合いませんものね、ほほほ。

仕返しは前払いで済ませているので、わたしは余裕の笑みでイヤミを流す。昼ご飯も覚えていやがれ。

「もちろんわたしもお手伝いさせていただきますが、頑張るのはアダム様ですよ？」

イーサン君がニコニコと魔力ポーションの瓶を運んできた。その数は5本。アダムさんの魔力量を正確に掴んでいますね、さすがサンドお爺ちゃんの愛弟子。鑑定魔法さんのお見立てと同じだった。

「魔力ポーション？」

アダムさんが嫌な顔。アダムさんのお付きの魔術師さんたちも嫌な顔。味は皆さんご存知のようです。

「じゃあ、さっそく始めましょう」

わたしはにっこりイイ笑みを浮かべた。わたしの指導は厳しいぞー。

アダムさんが魔力展開を始めたので、容赦なく指導していきます。

「だからもっと緻密に魔力を組みなさい！　やる気あるの？　お手本見たでしょ？」

「想像力が足りない！　身体の記憶の流れに任せるにしたって、ある程度こちらで誘導が必要なの！　ほら、集中しなさいっ！」

「もう魔力がないから勘弁してくれ？　あと2本魔力ポーションがあるでしょ？　ナリス王国筆頭魔術師なら、もっと根性見せなさい！」

魔力ポーションを6本飲んで、アダムさんによる初めての再生魔法は成功した。見積もりより1本多かったのは、アダムさんの魔力展開に無駄があったからだ。

「足が、足が動くっ！」

立ち上がりピョンピョン跳ねるカナン殿下。おっと、数年動かしていないので、バランスがうまく取れていない！　慌てて護衛騎士がカナン殿下を支える。いつも優等生でお行儀の良いカナン殿下しか見てなかったけど、今のカナン殿下は、頬を紅潮させ、キラキラの目で足を触ったり、護衛騎士に掴まって恐る恐る歩いたり、足踏みをしている。支える護衛騎士の目には、うっすら涙が浮かんでいた。

「足の感覚がある！　足が温かい！　杖なしで立てる！　立てるんだ！　立てるんだ！　これで、父上みたいな、立派な王になれる！」

カナン殿下の目にも涙が……。慌てて袖で拭っている。男の子だもんね、泣いてるところは見られたくないよね。護衛騎士さんは既に鼻を垂らして泣いてるけど。わたしは何も見てませんよ。

うん、青白かった足首の血色もいい。上手く再生しているようだ。

あとはバランスの取り方や、歩き方のリハビリだが、こちらは医師やサンドお爺ちゃんたちの出番だ。

「念のため、しばらくの間はアダムさんに1日1回は回復魔法をかけてもらってくださいね」

魔力ポーションの飲みすぎと、魔力の使いすぎでぐったりしているアダムさん。頑張ってください。

「はい！　ありがとうございます、シーナ様！　ありがとう、アダム！」

ぐったりしているアダムさんに、カナン殿下が駆け寄る。アダムさんは身体を起こし、恐る恐るカナン殿下の足に手を伸ばす。

「カナン殿下……。本当に足が？」

「うん！　アダムが治してくれた！　ほら！」

カナン殿下がアダムさんの手を自分の足に当てる。

「あ、温かい……！」

がばっと起き上がったアダムさんが、カナン殿下の足に触れて、ブルブルと震えている。

足首を自由に動かすカナン殿下に、アダムさんの両目から涙が零れ落ちた。

「カナン殿下、ようございました、ようございましたっ！　これからは、自由に、走り回れます！　また馬にも！　お好きな乗馬も楽しめましょう！」

「うん！　父上に乗せてもらうんじゃなくて、自分で乗れるよ！　父上と、丘の上まで、競走するんだ！」

大人びたカナン殿下の、年相応の子どもらしい笑顔。アダムさんはそれを見て嬉しそうに頷き、顔をくしゃくしゃにして、ボロボロと涙を流した。

いつの間にかジンさんが隣にいて、柔らかな表情でわたしの頭を撫でてくれた。

「ほらな。シーナちゃんの魔法はみんなを幸せにするんだ」

ジンさんのドヤ顔に、笑ってしまった。


「聖女様！　数々のご無礼、ご容赦ください！」

ガンッと頭を地面に打ち付けて、アダムさんが土下座している。ナリス王国の魔術師さんたちも、護衛騎士さんたちも、アダムさんの後ろでざざっと土下座。やめて、いたたまれない。

「我らはこれまで、カナン殿下の足を治すべく色々な治療法を探して参りました。その中には、詐欺まがいの輩も多く……。カナン殿下には、期待をさせてそれを裏切るということが、何度もございました」

アダムさんが頭を上げず、呻くように仰るには、詐欺師たちはそのやり方も悪辣で、何度も煮湯を飲まされたのだとか。

いたいけな子どもを何度も騙すとは！　許すまじ、詐欺師！

ジンさんにドウドウと宥められ、怒りを抑える。ジンさんが何かをバリーさんに耳打ちし、バリーさんはイイ笑顔で出ていきました。詐欺師連中を探りに行ったのかな？　ご愁傷様です。

「また今回も、カナン殿下を落胆させるだけだと思うと、私は、己の力不足が情けなくっ！」

いやいや、アダムさん、さすがナリス王国の筆頭魔術師。まあまあ魔力ロスはあったけど、なかなか一発で再生魔法ができる人って、いないんだよー。

イーサン君やサンドお爺ちゃんみたいな天才はさておき、王宮魔術師さんたちをもってしても、１回で成功させるのは稀だったと聞いている。魔力ポーションを飲みながら練習を繰り返せば、精度は上がるけどね。向き不向きもあるんだよなー。性格的に、細かい仕事が得意な人は向いていると思う。

ダイド王国の魔術師たちは、最初は酷かったもんね。あいつら、わたしの言うことなんて聞きやしないし。偉そうに威張り散らして、できなかったら八つ当たりするし。あー、嫌なこと思い出した。

どよんとした気持ちになったところで、ジンさんが口元に焼き菓子を持ってくる。反射的に口を開けて、モグモグ。美味しい。

「眉間にしわが寄ってるぞ」

焼き菓子を給餌されながら、眉間をモミモミ。うん、気持ちいい。

「ジンさん、マッサージ、上手だね」

「そうか？　いつでもやるぞ」

肩や頭や首を大きな手でギュッギュッと揉まれると、くうぅ、気持ちいい。

「アダムさんもお疲れだろう。焼き菓子をどうぞ。カナン殿下、果実水もあるぞ」

わたしがジンさんのマッサージで蕩けている間に、ジンさんはさっさとアダムさんたちの謝罪をやめさせ、椅子に座らせた。アダムさんたちは狼狽えながら、席に着く。

「別に我々は貴国に謝罪をしてもらいたいわけではない。ナリス国王にも我が陛下から打診があったと思うが、この再生魔法と魔物除けの香の共同開発国になって欲しいのだ。アダム殿はその件についての判断を、ナリス国王より一任されていると聞いた」

「はい！　その通りです！」

アダムさんがピシッと姿勢を正す。

「全ては彼女の身の安全のためだ。他意はない。ナリス王国にも益のあることだと思う。前向きに検討を……」

「お受けいたします！」

ジンさんに被せ気味で快諾するアダムさん。カナン殿下も侍従さんたちも、頷いている。いいの？

「このような素晴らしい魔法の共同開発国になるなど、栄誉以外にありません。魔物除けの香も、この旅路で効果を実感いたしました。どうしてお断りすることがございましょう。それに……」

ギリっと両手を握りしめて、アダムさんが悔しそうに顔を顰めた。

「かのダイド王国は、カナン殿下のことを知りながら、この再生魔法を秘匿いたしておりました。カナン殿下が何年も苦労なさっていたというのに……。それだけでも許し難い！」

わたしは焼き菓子を頬張りながら、左足をピョコピョコ動かしているカナン殿下を眺めた。嬉しそうに足を動かしては、焼き菓子を食べている。焼き菓子も気になるけど、走り回りたいとウズウズしている様子は、どこにでもいる子どもだ。

あの子の足を治すため、ナリス国王夫妻やアダムさんたちは、治療法を必死に探していたのだろう。国の後継者というだけでなく、可愛い我が子のことを思えば、当たり前だ。再生魔法を秘匿していたダイド王国は、ナリス王国やマリタ王国から治療法の問い合わせが来た時、何も思わなかったのだろうか。

「あの国のことです。シーナ様がマリタ王国にいらっしゃると知ったら、臆面もなく引き渡せと要請してくるに違いない！　我が国の恩人、シーナ様の安全のために、ナリス王国も協力いたしますっ！」

「よろしくお願いします」

深々と頭を下げるアダムさんに、わたしも頭を下げ返す。

「そ、それと、その……。これは個人的なお願いなのですが……」

アダムさんが言いづらそうに口を濁した。個人的なお願いとな？　サインは書きませんよ。

「わ、わたくしも、シーナ様のお作りになった料理をいただきたい……。昨日、あんな失礼なことを申し上げて、虫のいいことをとお思いでしょうが……。殿下や側近たちが、あれが美味しかった、あんな味付けは初めてだとか！　ずっと話題に入れず。料理長の食事も美味しいんですが、やはりシーナ様の料理を食べたいっ……！」

恥ずかしそうに身悶えるツルピカ髭のオジサン。ちょっと可愛く見えた……りはしなかった。気持ち悪い。

「わ、分かりました。わたしのご飯でよければどうぞ」

「私！　今朝のパン料理と、昨夜の肉料理が食べたいです！　シーナ様っ！　是非っ！」

うるっうるの目でこちらを見つめるアダムさん。

モテ友直伝のうるうる目？　これは抗えない……？　でもなかった。ツルピカ髭のオッサンのうるうる目は、誰の心も動かさない。

「全部は無理ですよー」

そう言ったら、アダムさんは分かりやすく、ガーンって顔をした。リアクションが昭和だな。

いや、この世界に昭和はないか。

嫌味への応酬で始めた別メニューだったので、許してやろう。わたしは心が広いのだ。

＊＊＊＊＊

我がナリス王国の次代を担うのはカナン・ナリス王太子殿下である。陛下の一粒種であり、御歳8歳にして聡明、優秀、思慮深く、臣下にも気さくに接してくださり、将来に楽しみしかない稀有な方である。

だがカナン殿下には一つだけ、悲しいかな、弱みがあった。殿下が3歳の頃、乗馬の練習中、突然、馬が暴走した。殿下は馬に引摺られ、その結果、左の踵から先を欠損してしまった。その時、護衛として少し離れた場所で見守っていたのは、私だった。馬術の教師を薙ぎ倒し、カナン殿下を引きずりながら暴れ回る馬を止めることができなかった、無能な護衛は私だったのだ。

殿下が助け出されたあと、踵の欠損が分かった時、私は陛下に死を賜るよう、強く願った。私の命など取るに足らないものだが、それぐらいでしかこの失態を償うことなどできない。だが陛下は、私の願いは叶えてくださらず、慣れた護衛のお前がこれからの殿下の支えになるようにと、御命じになられた。私のような愚か者に生きよと命じ、さらには殿下の護衛の栄誉すらそのまま。私は、最早一時たりとも殿下の御許を離れず、忠義を尽くすことを己に誓った。

カナン殿下は足を失ったことについて、一度も周りを責めたり、悲観されたりすることはなかった。王妃様から、足のことでみだりに弱音を吐いてはならないと厳しく言い含められているせいもあるかと思うが、あの幼さで、己の言動がどう周りに影響を与えるかを、しっかりとご理解なさっているのだ。

欠損した手足を復元することはできない。だが陛下も妃殿下も一縷の望みを掛けて、欠損の復元方法の研究と調査を行った。広い世界のどこかに、欠損の復元方法があるかもしれないと。

復元ができると豪語する魔術師や、怪しげな薬師に、我らは嫌になるほど出会ってきた。この世にこれほど詐欺師が蔓延っているのかと呆れるほどだった。

カナン殿下の専従魔術師を務めるアダム師など、詐欺師どもがカナン殿下を騙す度に、壁に拳を打ち付けて、声も出さずに悔し泣きに泣いていた。あの詐欺師どもは、まだ幼い殿下が、今度こそ治るかも、と期待に顔を輝かせ、治らぬと知った時の消沈した様子を見ても、何も感じないのだろうか。とても、我らと同じ人の心を持っているとは思えない。

カナン殿下が長じるにつれ、足の不具を理由に王位に相応しくないと言い出す輩が出てきた。我らは殿下の王たる資質に何の疑問も持たないが、難癖をつけたがる者は多い。王妃様のお身体の関係でこれ以上の子が望めぬからと、陛下に側妃を勧める者もいて、カナン殿下はその度に母君たる王妃様にいらぬ心労を与えたと、悲しんでおられた。そんな時に我らは殿下をお慰めすることしかできず、歯痒い思いをしていたものだ。

そんな日々を過ごす中。カナン殿下がお怪我をされてから5年が経ったある日、ナリス王国最大の友好国であるマリタ王国から、再生魔法の情報がもたらされた。たまたまマリタ王国のサイード王太子が我が国に滞在しており、直々にカナン殿下のマリタ王国への訪問を打診されたのだ。急な話で、しかも魔物の動きが活発になっていたため、陛下も殿下の訪問には難色を示したが、マリタ王国のリュート殿下の腕が再生した話を聞いてから、俄に興味を示した。

リュート殿下は魔物討伐の際に利き腕を失ったと聞いたが、その凶報以来、ほとんど公の場に出ておられなかったため、その真偽は不確かなままであった。我が国でも、いくら友好国のマリタ王国の言葉であっても、容易に信じるべきではないという意見と、リュート殿下の欠損は事実であり、マリタ王国に訪問して真偽を確かめるべきという意見に分かれた。

結局、陛下の強いご意向もあり、カナン殿下はマリタ王国を訪問することになった。サイード王太子ら御一行の帰国に合わせ、マリタ王国へ急遽の訪問となった。

道中、カナン殿下はマリタ王国の方々がいらっしゃらない馬車の中などでは、憂いを隠せない様子だった。カナン殿下も、数多の詐欺師どもの仕打ちに、心を疲弊されていたのだろう。

「僕の足がこのまま治らなければ、父上のような立派な王になることはできないのかもしれない」

小さな声でポツリと呟かれるカナン殿下に、アダム師や我ら護衛たちは必死で否定した。足が治ろうと治るまいと、カナン殿下になんの不足があろうか。

「でも、僕は1人で馬に乗ることができない。もしもの時、戦場に立てぬなど、王としてこれほど、不甲斐ないことはない」

殿下の思い詰めた様子に、我らは安易に否定することができなかった。必ず王が戦場に赴くわけではないと、聡明なカナン殿下とて分かっていらっしゃる。殿下は足の不具が王としての存在を脅かし、ナリス王国を荒らす原因になってはいけないと考えていらっしゃるのだ。王に付け入る隙があれば、有象無象の輩がその地位に取って代わろうとするだろう。カナン殿下のように、足の欠損という分かりやすい隙は、国を脅かす弱みになりかねないのだ。

カナン殿下はまだ8歳だ。いくら次代の王とて、もう少し無邪気に日々を楽しむことが許される年齢だろう。足の不具がカナン殿下をより思慮深く育てたことは、なんとも皮肉なことだった。

やがて我らの隊は、マリタ王国からの迎えである、ジンクレット第4王子の隊と合流した。赤髪と青い瞳の『魔物狂い』と噂される王子は、兄であるリュート殿下の右腕の負傷の原因である魔物を憎み、魔物を狩ることにしか興味がない狂王子だと言われていた。そのような王子に、カナン殿下を近付けるのは正直、不安だったのだが。

「なんていう強さだ！　あ、ああ、また1匹、屠ったぞ」

「馬鹿な！　灰色猪を一刀でだと？　夢でも見ているのか？」

Ａ級の魔物を一刀で屠るジンクレット殿下の凄まじさに、我らナリス王国の面々は、驚愕の声を禁じ得なかった。２人、いや、３人がかりでやっと倒せる魔物を、ジンクレット殿下は一刀で切り伏せる。また、バリーという男も、ジンクレット殿下には及ばないが、他の隊員の動きとは格段に違った。一撃一撃が重く、動きも早い。

マリタ王国の兵の精度はこれほどすごいのかと感心していたが、よく見るとジンクレット殿下の剣と両腕のバングルから、尋常ではない魔力が感じられた。剣から風魔法が放たれているのも目視できた。なんなんだ、あれは。

「あれは、マリタ王国の聖女様が関わって作られた武具だそうだ」

サイード王太子から極秘扱いで伝えられた情報に、我らは驚くと共に、もしかして、と期待を持った。こんなとんでもない武具を作れる聖女様なら、再生魔法も本物かもしれない。

しかしアダム師だけは懐疑的だった。ジンクレット殿下は元々優れた武勇で知られるお方だ。あれは元々、ジンクレット殿下自身がお強いのであって、少しばかり魔力を助力できる武具を使っているに過ぎないのだろうと。

アダム師の懐疑的な態度は、マリタ王国に着き、歓迎の晩餐会が始まっても続いていた。護衛なのでもちろん私は晩餐の席に着いていなかったが、側に控えながら、アダム師の言動にヒヤヒヤとしていた。

しかし、私はアダム師を止めることはできなかった。詐欺師どもの心ない仕打ちに傷つくカナン殿下に、誰よりも近く寄り添い、励まし、そして時には叱咤するアダム師の姿を、ずっと見てきたからだ。全ては、カナン殿下を思ってのことだ。

晩餐会の翌日、聖女様が魔力ポーションと共にカナン殿下の元に治療にいらした時は、我々は緊張を持って迎えた。一体どんな治療が施されるのか、またもや詐欺まがいの誤魔化しなのか。我らは全てを見逃すまいと、全神経を集中させて聖女様の挙動に注目したのだ。

だが、聖女様は思いがけないことを仰ったのだ。

「もちろんわたしもお手伝いさせていただきますが、頑張るのは、アダム様ですよ?」

そこからは昨夜の仕返し、いや、神の御技としか思えない展開だった。カナン殿下に慣れた魔力が良いと、治療役に指名されたのはアダム師だった。そこからの聖女様の容赦ないシゴキは、まだ私が新米兵だった頃の鬼隊長を彷彿とさせた。昨夜までアダム師に対応していた聖女様と同一人物とは思えない恐ろしさだった。

治療が終わる頃には、魔力が枯渇するまで酷使された屍寸前のアダム師が床に力なく倒れ伏していた。聖女様はその姿に一切同情することなく「魔力展開に無駄が多い、65点」と、辛口の批評をされていた。鬼だ。

だがそんなことよりも。カナン殿下が。杖なしでは立つこともままならなかった、カナン殿下が。

「足が、足が動くっ！」

杖もなく両足で立ち、あまつさえピョンピョンと飛び上がった。まだ歩くことはできなかったが、作り物のように青白く固まっていた左足の踵から先が、右足と同じ色合いになり、ぴょこぴょこと足首、そして足の指が動いている。

介助をする私の腕にかかる重さは、いつもより軽い。カナン殿下の両足に、しっかりと体重が乗っている証拠だった。

夢にまで見た光景が、今、目の前にある。カナン殿下が、自らの足で立って、歩いている！

奇跡の瞬間だというのに、情けなくも私の視界は潤み、よく見えなかった。カナン殿下の歓喜の声も、鼻水を啜る音で聞き取れない。なんたる失態だ。このような、無様な顔を晒すとは。

これまでのカナン殿下の苦労が、脳裏に蘇る。

心無い貴族どもに、不具の王子と遠回しに罵られ、引き攣った笑みを無理に浮かべていた時。

元気に走り回り、馬を乗りこなす学友たちに、羨望の目を向けていた時。

詐欺師たちの甘言に期待し、騙され、何かが壊れたような、虚ろな目をしていた時。

無力で無能な私は、護衛として側にいることしかできなかった。毎日毎日、この命を差し出すから、カナン殿下の足を治してくれと、女神に願い続けてきた。

私の人生における、最大の願いは叶った。私の人生で、一番幸福な瞬間だった。

カナン殿下にアダム師の元に連れていくよう請われ、私は慌てて涙を拭った。涙が止まらず難儀をしたが、護衛の任に就いている以上、視界を明瞭に保たなくては。

カナン殿下が声をかけると、伏していたアダム師がヨロヨロと起き上がり、カナン殿下の、確かに動く左足首を認め、目を見開いた。

「カナン殿下、カナン殿下、ようございました、ようございましたっ！　これからは、自由に、走り回れます！　また馬にも！　お好きな乗馬も楽しめましょう！」

「うん！　父上に乗せてもらうんじゃなくて、自分で乗れるよ！　父上と、丘の上まで競走するんだ！」

アダム師が、カナン殿下の前に跪き、泣き崩れた。何度も殿下の左足を摩り、歓喜の叫びを上げている。ナリス国からの従者たちはみんな、アダム師と同じく号泣していた。

憂いなく輝くカナン殿下の笑顔。私は、あの日陛下に死を賜らなくて良かったと、初めて心の底から思うことができた。この笑顔を守るために、私はこれからもあるのだろう。

＊＊＊＊＊

「うぅぅぅ、不味いぃ」

サンドお爺ちゃん特製薬湯が不味すぎる。

まず色からヤバいからね。緑のヘドロみたいなものが、茶道で使う茶碗ぐらいの大きさの入れ物になみなみと入っている。味はヘドロ。飲んだことはないけど、きっとヘドロってこんな味がするに違いない。それを1日3回、食後に飲む。美味しいご飯のあとにこれが待っていると思うと、食欲がすごい勢いで去っていく。

試しに鑑定魔法さんに、薬湯を鑑定してもらったら。

サンド老の薬湯。身体の成長を助ける。栄養価が高くバランスが良い。忘れられない味。

栄養価云々はともかく、味の説明がおかしいよね。

この薬湯が、わたしとカナン殿下の日課になった。カナン殿下の薬湯は、わたしの薬湯とは違い、足のリハビリに合わせたものらしい。わたしのよりはライトなヘドロだったよ。

カナン殿下と一緒に頑張って鼻を摘まんで飲むのだけど、摘まんでいた鼻を放すと、すごい臭いなんだよ。水飲んでも後味が主張をする。

まだ8歳のカナン殿下が頑張っているのに、前世と合わせて40歳のわたしが、頑張れないはずがない。口直し用の飴を準備して、毎回頑張っているけど、心が折れそうになってきた。

「癒し、癒しが足りない」

「シーナちゃん、抱っこするか？」

それで何故、癒しになるのだろう。ジンさんの言葉に、余計にイラっとした。

「間に合っています」

「ううう。シーナちゃんまで、俺に冷たい」

婚約が決まってからのジンさんは、やたらとスキンシップが多い。一緒にいたがることも多くて、お昼寝していたら、いつの間にか横で一緒に寝ていたりして、驚く。婚約しているとはいえ、男女の間柄に厳しいこの国で、それはアウトでしょう。案の定、ジンさんは陛下と王妃様に怒られたみたい。お兄さんたちにはお酒を飲みながら揶揄われ、侍女長さんに笑顔で怒られ、侍女さんたちにもガミガミ言われ、キリに警戒され、バリーさんには頭を叩かれ、しばらく落ち込んでいた。

そんな落ち込み気味のジンさんを放っておくと、色々と面倒なので、仕方なく構う。頭をわしゃわしゃと撫でると、ぎゅうと私の腰に抱きついてきた。

「シーナちゃん、俺、ちゃんと我慢できるからなっ！　みんな、誤解しているんだ！　俺はそんな不埒な男じゃないぞ！」

「ん？　ジンさんはいつも優しいよ？　何を誤解されたの？」

ジンさんの顔を覗き込むと、顔を赤らめ、目を逸らした。

「うぅ、シーナちゃんの純真な目を見ることができない……ごめんなさい」と、力なく呟いている。どういう意味だろう？

そんなことよりも。わたしは本格的に癒しが欲しい。毎食後の薬湯に、思った以上に心が折られている。癒しといえば可愛いものか美味しいもの。可愛いものはカナン殿下がいるので(不敬)、美味しいもので癒されよう。

わたしの目にジンさんの筋肉が盛り上がった腕が映った。うん、よく鍛えられた良い腕だ。これは、あれに使えそうだね。

「ジンさん、手伝って」

ニコリと笑ってお願いすれば、気を取り直したジンさんが「任せろ！」となんでも言うことを聞いてくれる。ジンさんと手を繋ぎ、わたしは調理場に向かった。

「カナン殿下」

机に向かい、お勉強に集中していたカナン殿下が、ビックリした様に顔を上げた。

「シーナ様？」

コテンと首を傾げるカナン殿下。ツルツルほっぺが相変わらず可愛ぇのぅ。オバチャン、君に会えて幸せだよぅ。はぁー。存在だけで癒される。

「ちょっと休憩しませんか。美味しいものをお持ちしました」

美味しいものという一言に、カナン殿下の目がキラリンと光った。マリタ王国に滞在する間に、カナン殿下はマリタ王国の食事の虜になってしまった。カナン殿下の侍従さんたちに、苦手な野菜も残さず食べるようになったと感謝されたよ。8歳にしてはワガママも少ないカナン殿下も、苦い野菜は苦手らしい。たんとお食べ。

「な、なんだ。また食べ物か。食い意地の張った女だな」

一緒にお勉強をしていたシリウス殿下が、赤い顔でわたしに突っかかってきた。なんだ、君もいたのかね。可愛いカナン殿下しか見ていなかったわたしは、ちょっと驚いてしまった。

「シリウス。シーナちゃんに失礼なことを言うな」

ジンさんが怖い顔でシリウス殿下に凄んだ。手に持っているのがフワッフワのシフォンケーキなので怖さは半減だが。

ジンさんがその筋肉を活かして泡立てたメレンゲのお陰で、フワフワですね。フワフワ。

「じゃあシリウス殿下はケーキなしで」

「なんでだ！　いるに決まってるだろう！」

なんでだって、食い意地の張った女って馬鹿にしたからだよ。ジロリと睨んでやると、決まり悪そうに小さな声で謝ってきた。ふむ、素直さに免じて、許してしんぜよう。

「シーナ様、これはなんというお料理ですか？　フワッフワで甘い匂いがする！」

「これはシフォンケーキといいます。こちらはプレーンで、こっちは紅茶を混ぜています」

侍従さんがケーキを切り分けてくれた。さてさて、久しぶりのシフォンケーキのお味は……、美味ーい！

「フワッフワ！　フワッフワです、シーナ様！　美味しい！」

お口は甘いシフォンケーキで幸せ。視界は可愛いカナン殿下で幸せ。ここは天国か？

シリウス殿下も夢中でバクバク食べているが、可愛さはカナン殿下に敵わない。喧嘩を売ってきたくせに、少しは遠慮しろと思うの。

「美味い！　こんなお菓子は初めてだ！」

ジンさんがバクバクとケーキを食べる。一口がでかい。あっという間になくなった。でも大丈夫、ジンさんの食べる量はちゃんと把握しているからね。

「ジンさん、沢山食べていいからね。料理人さんたちにお願いして、沢山、作ってもらってるから。みんなの今日のオヤツはシフォンケーキにしてもらったんだ」

陛下や王妃様や殿下たちの分も作ってもらっている。デザート担当の料理人さんたちが、新レシピにすごい張り切っていたよ。

ジンさんはジッとケーキを見てたけど、ニコリと笑った。

「俺の食べる分は、シーナちゃんが作ったものだよな？」

「え？　なんで分かるの？」

わたしは顔が赤くなるのを感じた。ジンさんが食べる分は、料理人さんたちにお願いして、わたしが直接作ったものを出してもらっている。いや、別に、特に意味はないんだけど。ただ、なんとなく、手料理を食べてもらいたいなぁって。思っただけで、ごにょごにょ。

「分かる。シーナちゃんが作ったものは一番美味い。いつもありがとう」

ジンさんの唇が頬に触れた。うわぁぁぁぁ！

「ジ、ジンさん！　ひ、人前っ！　ダメっ！」

「逆に2人っきりの時にやると、多方向から怒られる。2人きりの時はできるだけ我慢をするので、人前では許して欲しい」

ジンさんに真顔で言われた。多方向ってどこ？　人前の方が普通は怒られない？

「ジンクレット叔父上！　な、なんて、はしたない真似を？」

わたしに負けないぐらい赤い顔のシリウス殿下が、ギャアギャア喚く。

いやぁぁぁあ！　シリウス殿下に見られてたぁ！　恥ずかしいぃ！　カナン殿下は仲良しだね！　と言わんばかりのニコニコ顔。侍従さんたちは生温かい笑顔。死ねる。恥ずかしさで死ねる。

「シーナちゃん、真っ赤になって、可愛いな」

恥ずかしすぎてグッタリするわたしをよそに、ジンさんがニコニコと上機嫌だ。段々とジンさんのペースに巻き込まれるのが増えたような。くそぅ、色気のあるジンさんは苦手だ。

＊＊＊＊＊

「牛乳……ですか？」

訝し気なバリーさんに、わたしは力強く頷く。

「正確には魔物なんだけどね」

わたしとバリーさんの目の前には、コップに入った牛乳。前にグラス森で狩った魔物と、同じ魔物から採れたものだ。

「バリーさんって鑑定ができるんでしょ？　やってみて」

「はぁ。俺が鑑定魔法持ちってことも、ご存知なんですね。シーナ様も鑑定魔法が使えるから当たり前か」

一応秘密にしているので、他言無用だと言われた。鑑定魔法持ちだと知られると、他国の要人に警戒されるんだって。さもありなん。

「へぇ。随分栄養価が高いんですね。背を伸ばす効果ありって、あぁ……」

そこでわたしを意味あり気に見るな。喧嘩を売ってるのか。どうせチビですよ。

「そのまま飲んでも良いけど、色々お料理に使えるの！　ほら、バリーさんの好きなシチューにも使ってるよ！」

「えっ！　そうなんですか？　俄然、興味が湧きました」

背の高さで苦労したことない奴には、牛乳の価値が分からないのだ。くそぅ。

「実は王都にね、この魔物を育てている人がいるの。そこに投資したい！」

「は？」

投資して、優先的に牛乳を卸していただきたいのですよ。ちなみに、この情報は、ザイン商会のナジルさんに教えてもらった。

牛もどき、子どものうちから育てると、とても大人しい性格になるので育てやすいんだって。牛もどきを食肉用として育てていたらしいんだけど、一部を酪農用にしてもらえるよう、ナジルさんに交渉してもらっている。母牛もどきから乳が採れることは知ってたけど、人が飲むとお腹を壊すので、使い途がなかったらしい。多分それ、飲みすぎだね。

牛乳があれば、チーズにヨーグルトにバター！　いやー、夢が広がるよね！　王都内で魔物を育てるなんてという、偏見にも負けずに牛もどきを育てていた人、ありがとう。どんどん増やしちゃってください。わたしも偏見と戦う！　牛乳のために！

「お金はいっぱいあるし、キリも使って良いって言うから使いたい！　ダメかなぁ？」

わたしの言葉に、キリが優しく頷いてくれる。ありがとうキリ。ちゃんとキリの分は残してあるからね！

「はぁ。シーナ様とキリさんのお金なので何に使おうと構いませんが。あぁ、投資となると相手方との利益分配が……、じゃあ契約は……、牛乳を使った商品の開発もあるわけだから」

バリーさんはブツブツと何か呟きながら考え込む。キリがメモをすちゃっ！　と構えてバリーさんの言葉を拾っていく。

「うん！　分かりました。大まかなやり方は決めましたので、あとは相手方と交渉します。うーん、また忙しくなりそうですねぇ」

「ごめんね、バリーさん」

「いえいえ。シーナ様の再生魔法のお陰で、怪我で退役した兵士たちが戻ってきまして、そのうち何人か内務で働きたいと希望を出してくれたんです。元兵士とはいえ、書類仕事の経験もあるので即戦力です！　助かりますよ」

サンドお爺ちゃんたちが中心になって研究を続ける再生魔法チームは、怪我で退役した兵士たちの中から希望する者に再生魔法を施している。

　そして再生魔法を受けた退役兵士たちには、時間を置いて数回、再び兵士として働くかの意思確認を行うことを、ジンさんが義務付けてくれた。中には、失った腕や足が戻った高揚感で、勢いで兵士に戻ると言っちゃう人もいるみたい。あとからやっぱり兵士として前線に戻るのは怖いと冷静になるそうだ。そういう人が、内務に回るらしい。

　ジンさん、わたしの心配していることを解消できるように、考えてくれたんだ。やっぱりジンさんって優しくて頼りになるよね。

「じゃあキリさん。大まかな書類作りはやっちゃいましょうか？」

「はい！　ご指南お願いします」

　最近バリーさんとキリはよく一緒にお仕事している。苦手だった書類仕事を、バリーさんに教えてもらっているみたい。キリとの会話の中にも、バリーさんの話題がよく出てくるようになった。頑張れバリーさん。巨乳好きでデリカシー無しのイメージを払拭するんだ！

　２人仲良く仕事をする姿を見て、わたしは心の中で密かに応援するのだった。

＊＊＊＊

「では、次の議題。まずは報告からお願いします」

侍女会議。これはマリタ王国の王宮内で働く侍女たちにより、月２回開催される定例会議だ。参加者はそれぞれの部署で働く侍女たちのまとめ役とサブの侍女、議長はマリア侍女長、副議長は侍女長補佐のバネッサである。

この会議はマリタ王国建国時、働く侍女たちの間で始まったものであり、長い歴史のある大事な会議である。日々の侍女業務に対し問題点や改善点を話し合い、質の高い侍女の育成を目標に開催されているのだが、ここ数カ月はその様相を一変させている。それは、ある少女がマリタ王国に来たことによるものだった。

「はい。シーナ様お世話第一隊から報告させていただきます。シーナ様の健康状態は改善傾向にあります。サンド老の指示通り、３食と補食のオヤツは朝の10の時と昼の3の時。それ以外にシーナ様からのお求めがあった場合は適宜、果物を。お薬もキチンと服薬なさっておいでですが、最近追加になった薬湯は苦手なご様子です。睡眠についてはやはりまだ多い傾向にあります。お昼寝の時間がないと、お辛い様子が窺えるので、家庭教師の時間の調整が必要かと思われます」

「なるほど、まだ万全とは言えないようね。教師の皆様と調整いたしましょう。幸い、ダンス以外は進み具合が良いようですから」

マリア侍女長が、心配そうに頷いた。侍女たちは手元のメモ帳を確認してスケジュールを組み直し、お互いで確認し合った。

「次、お世話第二隊からです。シーナ様の体力改善のための運動ですが、回復魔法の使用回数が減ってきています。庭の散策時間も伸びてきています。先ほどのダンスの件ですが、ステップなどの覚えは早くていらっしゃいますが、途中で体力が切れてしまうのが進みの遅い原因かと思われます。体力さえ改善されれば、問題はないかと思います」

「そう、さすがはシーナ様。どの教科も意欲的に取り組んでいらっしゃるのね。でも無理は禁物です。お世話隊はその点だけは注意するように」

「はいっ！」

「では次に、シーナ様とジンクレット殿下のその後について」

マリア侍女長がそう言った瞬間、侍女たちから興奮したざわめきが漏れる。

「お静かに！　では報告をお願いします」

「はい！　お世話第一隊から。ジンクレット殿下とシーナ様の婚約がお決まりになったのち、お2人は以前と同じように睦まじくしていらっしゃいます。それに加えて、ジンクレット殿下がシーナ様へ愛の言葉を、明確に、何度も伝えられているのが、複数の侍女により目撃されています！」

その言葉に、侍女たちの間から「やっとね！」「ようやく言えるようになられたのね！」と声が上がる。

「対するシーナ様は、あれだけ頻繁に言われていらっしゃるのに、その都度に真っ赤になって慌てていらっしゃいます！　可愛らしいです！」

「私も目撃しました。確かにあのジンクレット殿下のご様子は、今までお気持ちを抑えていた反動というか……、初心なシーナ様には、刺激がお強いかもしれませんね……」

マリア侍女長の遠い目に、揃って頷く侍女たち。ジンクレットをあまり暴走させると、シーナのお気持ちが離れるかもしれない。ようやく上手くいき始めた2人をここで破局させてはならないのだ。

「キリ様。いかがでしょう。ジンクレット殿下をお諫めした方が……」

侍女たちの目が、一斉にキリに向かう。注目されても全く怯まず、キリは静かに口を開いた。

「その心配は必要ないかと……」

キリの言葉に、マリア侍女長が怪訝な顔をする。

「そうですか？　私の目から見て、シーナ様はお困りのようでしたが」

「シーナ様はされて嫌なことは、ジンクレット殿下にハッキリと仰る方です。殿下に人前では止めて欲しいと、仰っていらっしゃいましたので。シーナ様が慌てていらしたのは、他の方の視線があったからかと」

「……シーナ様は、ジンクレット殿下のあの重い、いえ、ふ、深い愛の言葉を受け入れてらっしゃると？」

「婚約前から時折、あのような言動をなさる方でしたので、特に気にしていらっしゃらないようです」

侍女長は頬を引き攣らせた。侍女たちからの報告にあったのは、愛の言葉を通り越して、激しい束縛や軟禁を思わせる言葉だったが。あれを気にしないというのもまた……。

「シーナ様は、ジンクレット殿下をああいう方だとご理解なさった上で、受け入れていらっしゃいます。殿下を深く信頼なさっておいでですので、度が過ぎればご自身で対処なさるでしょう。私どもが気にかける必要はないかと……」

キリの言葉に、侍女たちはホッと息を吐く。シーナは度量の深い方だと改めて感心した。

「ただ一つ、気掛かりなことが……」

キリが言い淀む。僅かに、頬が赤くなった。

「どうなさいました？　キリさん？」

マリア侍女長がキラリと目を光らせた。シーナの世話において、キリの右に出るものはいない。シーナの信頼が最も厚く、細やかな心配りもでき、時には姉のようにシーナを叱れるキリには、侍女長といえども一目を置いている。最終的なシーナのお世話の決定権は、キリに任せているぐらいなのだ。

「私はこの国のしきたりには疎く、こういうことをお聞きするのは、恥ずかしいのですが……。あの、こちらでは婚姻前に閨を共にするのは、普通のことなのでしょうか？」

シンッと、場が静まった。

今なら針を落とした音さえ、響き渡りそうだ。

「ま、ま、ま、まさか！　そのようなこと、あるはずありませんっ！」

マリア侍女長の顔が真っ赤に染まる。侍女たちの悲鳴がそこかしこから上がった。

「……やはり、そうですよね。ダイド王国でも婚姻前の交渉はありえませんでしたので、言い難いのですが」

「ま、まさか！　ジンクレット殿下が！」

「阻止しておりますが、やたらとシーナ様と2人きりになりたがりますし、うたた寝をなさっているシーナ様の横に、いつの間にか一緒に寝そべっていらっしゃることも。しっかりシーナ様にも自衛なさるよう言い聞かせておりますが、シーナ様は閨の知識こそおありですが、ご自分がそういった対象として見られているという意識が乏しく、とても無防備でいらっしゃいます」

侍女たちはシーナとジンクレットの様子を思い浮かべ、深々と納得した。

婚約を結んだとはいえ、相変わらず余裕のないジンクレット。しっかりしているようで、どこかスッポリと抜けているシーナ。侍女たちが2人をくっつけるためにシーナを大人っぽく着飾ったのが、こんなところで仇となるとは。

「こ、これは、侍女会議で内々に処理できることではございません。現状でシーナ様が閨事に耐えられる体力があるとは思えません。それに婚儀は1年後、それまでにシーナ様が身籠るようなことがあれば、シーナ様の名誉に傷がつきます！」

マリア侍女長の持つメモ帳が、グシャグシャに握り潰される。

「キリさん。恥ずかしかったでしょうに、よく言ってくださいました。皆様、今後より一層、ジンクレット殿下の動向に注視し、手に余りそうな時はすぐに私かバネッサに報告を！」

「はいっ！」

「私はこのことを王妃様に報告いたします。王妃様からジンクレット殿下を諫めていただくか、デリケートな問題ですので、男性の方からそれとなく忠告をしていただくか、ご相談申し上げなくては」

マリア侍女長とバネッサが、慌てて立ち上がる。王妃への相談の上、シーナの現在の教育カリキュラムの中で、閨事に関する教育の優先度を上位に引き上げるため、他の授業の組み直しをしなくてはならない。

シーナとジンクレットの婚約は、シーナの養女先が決まらず仮のままとなっている。シーナを養女に迎えたいと名乗りを上げたサンド老とカイラット卿が、水面下で熾烈な争いを繰り広げているためだ。それも、ジンクレットの不安を掻き立てているのか。

シーナとジンクレットの婚儀は次の次の花の季節に執り行うことになっている。次の花の季節にアランが、実りの季節にリュートの婚儀があるからだ。できるだけ早く婚儀をと願うジンクレットの意見を反映し、婚約期間も異例の最短期間なのだが、彼にとっては1年以上あとなど、待ちきれないのかもしれない。

それにしたって、まだ仮婚約の状態でそのような暴挙に出るとは。幼少の頃から知るジンクレットが大人になったものだと思う半面、教育を間違えたのかと、マリア侍女長は頭が痛くなった。

このあと、ジンクレットは自身の振る舞いが父親、母親バレした挙句、兄たちからも揶揄われ、したり顔で説教を受けるという辱めを受けた。侍女たちの監視の目はますます厳しくなり、なかなか2人っきりに持ち込めずイライラすることになる。

閨事に関する教育が始まったシーナは、何故急に授業内容が変わったのかと首を傾げながらも真面目に取り組んだという。

＊＊＊＊＊

「シーナ様……」

午後のお茶を楽しんでいたら、なんだかフラフラな様子のバリーさんがやってきた。

「バリーさんどうしたの？」

「シーナ様。ジン様との食べさせっこを止めてもらっていいですか？　今お２人のラブラブを見せつけられる心の余裕がないです……」

死にそうな顔でドンヨリ言われた。わたしも止めたいんだよ、でもさ。

「ならん。俺の至福の時を邪魔するヤツは許さんぞ」

大人気ない上に必死なガチムチライオンが、今まさにジンさんの口にお菓子をほおりこもうとしていたわたしの手をガッチリ掴んで、ガルガルと威嚇していたら無理だよね。

「くっ！　このダメ主人。シーナ様に愛想尽かされて振られればいいのに」

「シーナちゃんに愛想尽かされたら、俺は死ぬ」

「はいはい。強く生きてね、ジンさん。バリーさんは大事な話があるみたいだから、ちょっと離して」

ぶにっと両頬をツネると、ジンさんは目尻をダラシなく下げ、ニヤけながらわたしの手を放してくれた。やれやれ。

「ヤダもうこの馬鹿ップル。傷心の俺をグサグサ刺した挙句に、塩を塗り込んでくる」

バリーさんが何やらブツブツ呟いている。用件を早く話せ。

わたしがジト目で睨んでやると、バリーさんがこちらに向き直った。

「実は先ほど、キリさんと手合わせをしました」

「ほっ？」

「お互いバングルなし、キリさんはほのおの剣を使わず、刃を潰した剣で……」

「どっちが勝った？」

ジンさんの言葉に、バリーさんはガクンと肩を落とした。

「キリが勝ったんだね」

バリーさんの様子から、だよなぁと、わたしは思った。

「なんであんなに強いんでしょう……。まっっったく、敵いませんでした」

「強いもんね、キリ」

魔法も入れた総合的な強さはわたしの勝ちだが、剣技に関して言えば、キリはぶっち切りに強い。

「冒険者ギルドでの測定でまさかと思いましたが、カイラット街での活躍を見たら、勝てると思う方がおこがましく……」

「俺でも歯が立たんと思う」

「うーん？　ジンさんとはいい勝負だと思うよ？　ただ、キリって実戦経験がかなり多いから、差があるとしたらその辺かなぁ？」

「実戦……、そうですよね。あのグラス森討伐隊にいればそりゃあ……」

バリーさんがため息を吐く。

あ、勘違いしてる。

「あー、の、ね。グラス森討伐隊では、キリはあんまり、前線に出てなかったよ？」

気まずい気持ちでわたしは頬をポリポリ掻いた。

「……どういうことですか？」

「あの、キリはほら、わたしの侍女兼護衛だったから。わたしは回復専門で、怪我人の治癒だから大体、隊の後方にいたの。後方だからたまに撃ち漏らした魔物をキリが狩るぐらいだったの。あの頃のキリは、火魔法は使えるけど、それほど強かったわけじゃなくて、多分部隊長クラスと打ち合えば、負けていたんじゃないかなぁ」

「えっ？」

バリーさんは目を丸くする。マリタ王国とダイド王国の部隊長クラスが同じレベルかは分からないけど、少なくともマリタ王国の部隊長クラスに、バリーさんが負けるはずないもんねぇ。驚くよね。

「キリが強くなったのは、わたしがグラス森討伐隊から放り出されて、一緒に付いてきたからなんだよね。周りは魔物だらけだし、わたしとキリで狩るしかないじゃない？　キリもバングルとほのおの剣があったから、火属性と相性の悪い魔物以外は、ガンガン狩れるようになったの。そしたらすごい勢いでレベルも上がっちゃって。あははー、途中から魔物のお肉が美味しいのに気付いて、狩らなきゃ損！　みたいな気持ちになっちゃって」

話しているうちにどんどんバリーさんがジト目に……。

「それで、どれぐらいの期間、グラス森にいらっしゃったんですか？」

「えっと、えっと、えーっと、ひ、一季節の半分ぐらいかなぁ？」

「一季節の半分？　え？　グラス森討伐隊の本拠地から森を抜けるのってそんなにかかったんですか？　シーナ様とキリさんなのに？　魔物を討伐しながらって考えても、距離的には、10日ぐらいで抜けますよね？」

「マモノガツヨクテネー、テコズッチャッタンダヨー」

目を逸らして言ったら、バリーさんに睨まれた。

「シーナ様？　白状しないと、ミルクの契約関係の仕事、手伝いませんよ？」

「狩りが楽しくなってちょっと遠回りして街道に抜けました！　道なき道を進むのも楽しくって！　新たな林道作ったりして！　それでキリがメチャクチャ強くなりました！」

「このっ、バカ主人がぁっ！」

あ、バリーさん泣いちゃった。ごめん、キリが強い原因の半分はわたしだ。そして半分は狩りを楽しんでいたキリです。

「でもキリに負けて、なんでそんなにガッカリしてるの？　別にバリーさんも弱いわけじゃないし、問題はないでしょ？」

「自分より弱い男を、キリさんが好きになってくれるはずがないでしょう？」

バリーさんがどよーんとした空気を漂わせる。鬱陶しいなぁ。

「それ、キリに言われたの？　自分より強い人じゃないと、嫌だって？」

「いや、言われたわけでは……。しかし普通女性は、自分より弱い男なんて嫌でしょう？」

「いやぁ？　好きになるのに強さって特に関係ないでしょ」

わたしは首を傾げた。なんで男子って強さにこだわるのかね？

「バリーさんは剣技ではキリに勝てないけど、他に優っているところがいっぱいあるじゃない。法律にも数字にも強くて先も読めて、一緒に仕事ができて尊敬しているって、キリが言ってたよ？」

途端に、バリーさんの顔が真っ赤になる。

「ほ、本当ですか？　キリさんがそんなことを？」

真っ赤な顔でニヤケそうになるのを必死で取り繕おうと変な顔になるバリーさんを見て、わたしは意外にも（失礼）純情なんだなと思った。

「それにキリって、強さに拘る男って嫌いだと思う。強い俺カッコいいだろって口説きにくるバカがいっぱいいて、力尽くで迫る奴もいたし」

「はぁ？」

バリーさんの声が一段低くなる。真っ赤だった顔が、シュッと元の色に戻り、目が据わった。

ひぇっ。

「シーナ様、そのバカの名前と特徴を教えていただけますか？」

怖いんだけど？　すごく怖いんだけど！

周りの空気まで凍えてしまいそうで、わたしは思わずジンさんに縋り付いた。

「ジン様。ちょっとダイド王国までの出張を認めていただけますか？」

「おい、少し落ち着けバリー。シーナちゃんが怖がっているだろう」

ジンさんが困惑顔でわたしを宥めながら、バリーさんを諫める。そうだよ、止めて！　ジンさん！　国際問題になっちゃうよ？

「シーナ様を虐げた輩も、まとめて血祭りに上げてきます」

「許可しよう」

即答するジンさんに、わたしは耳を疑った。

バカー！　ジンさんのバカー！　何で許可するのさっ！

「ダ、ダメだよ、ジンさん！　バリーさんをダイド王国になんて行かせたらっ！」

「大丈夫！　バリーなら一季節もかからずに、あの国を内部から崩壊させるなんて楽勝だ。証拠も残さないからバレないよ」

ジンさんも目が据わってますよ？　ちょっと落ち着こう？

バリーさんもニコニコ頷かないで？　なんで？　なんで笑ってるの？

その時、ノックの音がした。

「失礼します、シーナ様。お側を離れてしまい、申し訳ありませんでした」

侍女服姿のキリが、申し訳なさそうにやってきた。ほんのり石鹸の香り。バリーさんとの手合わせのあと、お風呂に入ったのかな？　急がなくてもいいのに。

キリはバリーさんに気付いて、小さく頭を下げた。口元が少し綻んでいる。

「キリっ！　大変だよ！　バリーさん、もしかしたらまた、お仕事で旅に出ちゃうかもしれないんだって！」

わたしのわざとらしい言葉に、キリは素直に驚いて、傍目にも分かるぐらいシュンとなった。

「そうですか……。バリー様にはもっと色々教えていただきたいことがあったのですが、お仕事ではどうしようもありません。他の文官の皆様に教えていただきます。また寂しくなりますね……」

「いえ大丈夫！　仕事はなくなりましたどこにも行きません！　キリさんに寂しい思いなどさせませんっ！　それに、他の文官なんかより、なんでも俺にお聞きください！　いつでも時間を取りますよ！」

キリに駆け寄るバリーさんの背景に、ハートマークが飛び交って見えるのは、わたしの気のせいじゃないはず。キリがホッとしたように、はにかんだ笑みを浮かべる。カワユイ。

「なんだ、バリー、やめるのか？」

不満そうなジンさん。止めて、蒸し返さないで！

「ジンさん。せっかくバリーさんが思い止まってくれたんだから、余計なことしちゃダメだよ」

「シーナちゃんを苦しめた輩には、それ相応の報いを受けてもらう」

どこの魔王だ。全くもう。

「ジンさん。嫌だよ、今でも忙しいから、あまり一緒にいられないのに、余計な仕事を増やしてますます会えなくなるの？　寂しいよ」

毎日毎食一緒に食べているから十分すぎるほど一緒にいますが、ここは嘘も方便。

でも、こんなミエミエの嘘に引っかかるかなぁ。さすがにジンさんも騙されないか？

「分かった、やめよう。シーナちゃんを寂しがらせたくない」

わーい、引っかかった。嬉しくなーい。チョロすぎるぞ、ジンさん。

「そうか、シーナちゃん寂しいのか。もっと会える時間を捻出しよう」とデレデレと呟くジンさんの側で、わたしは安堵して身体から力を抜いた。

ジンさんと一緒にいると、ホッとして幸せな気持ちになるのは彼には秘密だ。うるさくなるから。

＊＊＊＊＊

「おい、バリー」

シーナちゃんとキリさんがマナー授業のために部屋を出た瞬間、俺はバリーに声をかける。

「既にダイド王国にはこちらの手の者を何人か、送り込んでいます」

「シーナちゃんには勘付かれるなよ？」

「はい。しかしこちらが手を出さなくても、時間の問題かと……。既にダイド王国の地方の都市や村で、被害が出ているようです。まだ王都は無事のようですが、各国に救援を求めるのは時間の問題かと」

「民に被害が……」

俺は眉を顰めた。他国のこととはいえ、力なき者が一番先に犠牲になることは気分が良くない。

「救援依頼がきたら、俺の軍が出ることになるだろう。もう一軍はアラン兄さんか、リュート兄さんか……」

「たぶんサイード殿下も出たがりますよ。ジン様以外の一枠は、争奪戦になります」

「何故だ？」

バリーの言葉に、俺は首を捻る。魔物討伐など、命じられればもちろん行くが、争奪戦になるほど、人気とは思えない。

「ほのおの剣と、しっぷうの剣ですよ。陛下が他国とのパワーバランスを考えて、魔剣作りに慎重なので、シーナ様のご希望と陛下の許可がないと作れない状態です。ダイド王国からの救援要請に応えて魔物討伐に行くとなると、魔剣作りの許可が出る可能性が高いです」

「ああ、なるほど……」

そういえば兄貴たち、ひっきりなしにいいなぁいいなぁと、俺の剣を羨ましがっていたな。

確かにシーナちゃんの作る剣はすごい！　魔力を込めれば刀身に風魔法を纏い、攻撃力が爆発的に上がる。使えば使うほど魔力が剣に馴染み、ますます意のままに奮うことができて、最早分身のように感じる。

キリさんがシーナちゃんからもらったほのおの剣を、作り直さないのもそのためだ。ほのおの剣は安い支給品の剣を元に加工したものだから、シーナちゃんは作り直したいらしいが、魔力をあそこまで馴染ませると手放し難いだろう。

魔剣が作れると知られれば、シーナちゃんの価値はさらに跳ね上がる。厚顔無恥なダイド王国が、シーナちゃんを取り戻そうと躍起になるだろう。

「俺も欲しいですよ、あの剣。俺だったらみずの剣、いや、こおりの剣かなぁ」

バリーが夢見るような目で、俺の剣をウットリ見つめる。やらんぞ、俺の剣だ。

ジロリと睨む視線に気付き、バリーはごほんと咳払いをする。

「まあ、そう言う訳で、救援に応える体制は至急、整えているところです」

「分かった。常にあの国から目を離すな。次にシーナちゃんを虐げるような真似をしたら……」

「ははは一。国ごと潰しましょう」

「その方が後腐れがないだろうな」

物騒な顔で笑い合う俺たちを見たら、シーナちゃんはどんな顔をするだろう。だが俺は、あの子を守るためなら何だってするつもりだ。

5章　聖女は揺り返す

「本日はよろしくお願いします！」

「よろしくお願いします」

キラッキラのカナン殿下の笑顔に、リュート殿下は苦笑して答えた。うん、カナン殿下の熱量がすごい。ナリス王国の次代の王は勤勉なのだ。

本日は、再生魔法により復元した箇所の効率的なリハビリを、再生魔法の先輩であるリュート殿下が、後輩のカナン殿下に教える会です。長いな、リハビリ友の会で良いかな。

回復専門魔術師やサンドお爺ちゃんみたいなお医者さんもいるのに、何故講師がリュート殿下なのか。その理由はやはり、当事者にしか分からない身体の動かし方のコツや、上手く動かせない苛立ちというものがあるからだ。なかった身体の部分が、ある日いきなり復活して、さあすぐに動かしましょうというのは、さすがに無理なのだ。

わたしも再生魔法をかけたことは沢山あるけど、かけられたことはないし、そこから地道なリハビリをしたこともない。前世のように機能訓練のプロがいるわけでもなく、リハビリについては手探りになる訳ですよ。また、当事者にしか分からない苛立ちなどを共有できたら、少しはリハビリの励みになるのでは？　とサンドお爺ちゃんたちと相談し、リュート殿下にお願いした次第です。

ちなみにキリも再生魔法経験者だが、キリは怪我してすぐの再生だったから、それほど、違和感はなかったみたい。怪我をして時間が経つほど、馴染むのに時間がかかるというのがサンドお爺ちゃんの見解だ。

カナン殿下の場合、怪我をしたのが3歳、現在8歳という5年間のブランクがあり、なおかつ成長期の子どもとあって、足の大きさが全然違う。カナン殿下の身体が記憶しているのは3歳の頃の左足だ。再生された足は8歳の大きさであり、そのギャップで上手く動かせなくなる時がある。いわば3歳の記憶で8歳の足を動かしているようなものだ。

リュート殿下は大人なので、その悩みはなかったのだが、やはり怪我をしてから再生まで時間が空いているので、感覚を取り戻すためのリハビリも苦労したようだ。今、リュート殿下の右腕は、以前とほとんど変わらぬ動きができるようになっているとのこと。すごいなー。

「俺が腕を動かし始めた時は、ピリピリと痺れる感覚があった」

「はいっ、僕も足の、切れた境目のところから先まで、ピリピリする感じがあります！」

「これは再生魔法を受けた他の兵士にも見られた症状だ。この症状は失った腕や足と身体が繋がったことで、血が身体を巡る時の違和感だと言われている。痺れがひどい時は回復魔法をかけてもらい、我慢できる時はそのまま動きの訓練を続けて構わない。カナンはアダム師の回復魔法をまだ受けているな？」

「はい。しばらくは、1日1度は受けるようにとシーナ様が仰っていましたので」

合ってますか？　と言わんばかりにチラリとわたしの方に視線を向けるカナン殿下に、わたしはウンウンと頷く。カワユイ。

「そうか。痺れの感覚が少しずつ薄れてくるので、そうしたら2日に1度、3日に1度と間隔を空けるようにするんだ」

「どうしてですか？　回復魔法の助けがあった方が、早く動かせるようになるのでは？」

不思議そうに首を傾げるカナン殿下に、リュート殿下が言葉に窮した。子どものどうして？攻撃に深く考えていなかった大人が詰まってしまう典型的なパターンです。

「え、えっと……」

リュート殿下はわたしをチラチラ見ている。そういえば回復魔法を減らす理由について、リュート殿下から聞かれたことがなかったなぁと思った。

カナン殿下の側で熱心にリュート殿下の言葉をメモしていたアダムさんまで、純真な目でリュート殿下を追い詰めている。髭ボーボーのおじさんですから、こちらは見た目可愛くないです、念のため。

仕方がない、助け舟を出してやるか。

「カナン殿下の足を、カナン殿下の力だけで動かせるようになるためですよー」

キラキラの瞳と、おっさんの瞳がこちらに向く。おっさん、いらんって。

「回復魔法は確かに、足の動きを回復するのに効果的ですが、身体が自然に回復する力を弱めてしまうんです。寝て、食べて、動いて、人の身体は自然に成長したり、回復したりするんです。回復魔法に頼りすぎると、成長の妨げになるんです」

これはわたしがサンドお爺ちゃんに口酸っぱく言われていることだ。わたしもご飯食べてよく寝るようになったら、背が伸びたしお胸も、ねぇ。希望が持てたもの。

それと、回復魔法の魔力を抜くという目的もある。長年、リュート殿下はイーサン君の、カナン殿下はアダムさんの回復魔法を受け続けているが、それは自然の流れにそぐわないものだ。回復魔法を受け続けた身体は、回復魔法を施す魔術師の魔力ありきで魔力量を記憶してしまい、無意識に自身の魔力量の作成を制限してしまう。本来の魔力量よりも少ない魔力量しか作れなくなると、魔法を使う時に不利になるんだよねぇ。魔力底なしのわたしが言っても説得力はないが。

わたしの説明に、カナン殿下もリュート殿下もフンフンと頷く。素直な生徒である。

「カナン殿下の身体は、これから大きく、立派な大人になっていきます。一緒に薬湯と、リハビリを頑張りましょうね」

「『はいっ』」

カナン殿下とリュート殿下が、揃って良いお返事。

「リュート殿下はもう立派な大人ですので、ご自身で頑張ってください」

「む？　俺だって今からでも成長できるだろう？　カナンには負けんぞ？」

「いやぁ。8歳の子どもと、20歳過ぎの大人では、やっぱり伸びが違いますよ。子どもなんてもぅ、吸収はいいし伸び盛りですから。すぐ追い越されますって」

「なっ？　俺だって若いぞ？　覚えもいいぞ？」

「むーり、むりむり。見て、このプルプルホッペ。若さの象徴。うはぁ。羨ましい！」

「ぐぬぅ」

どさくさに紛れ、カナン殿下のプルプルほっぺを突っつけば、カナン殿下は真っ赤になった。可愛い〜。

まあ、カナン殿下が本気でリハビリに取り組めば、リュート殿下はあっさりと追い抜かれることは間違いない。今までの経過を見てもそうだもんね。僅かな時間ですっかり歩くのはマスターして、今は走ったり飛んだり階段を登ったりのリハビリ段階にきている。他の再生魔法を受けた大人の被験者と比べても、著しい回復ぶりだ。子どもの順応力の高さはすごいねぇ。

「しかし、興味深いですなぁ。同じ再生魔法を受けても、大人と子どもでは、これほど差があるとは」

アダムさんが髭を摩り、これまでの臨床データを見ている。マリタ王国で集めたデータは兵士のものが主だったので、子どもへの施術データがなかった。今回のカナン殿下の例は、再生魔法の新たな発見に繋がったのだよ。

「子どもはこれから身体が大きくなって作られる分、回復が早いのかもしれませんねぇ」

同じくデータを見ながら話すわたしに、アダムさんのなんとも言えない顔。なんでしょうか。

「シーナ様はどこでそのような知識を……？　もちろん、聖女としてお働きになっていたことは存じていますが、なんというか知識や発想力が、ご年齢とそぐわないような……。サンド様と話しているようです」

どこって……。中身が40歳過ぎとは言えないしなぁ。まぁ、前世の知識もありはするが、再生魔法に関しては、今のシーナの経験がかなり活きている気がする。毎日毎日、生と死の中で回復再生を繰り返す、碌でもない経験だったけど。

あの頃の記憶は、幸せな今にいつも影を落とす。自分に回復魔法をかけて、空腹と疲労と寝不足を誤魔化していた。死んでいく兵士たちに悲しむ間もなくどんどん負傷者は増え、終わりの見えない無理な討伐に、みんながどんどん擦り切れていった。ちょっとしたことですぐに高揚したり消沈したりする兵士たち。ピリピリと張り詰めた緊張感。苛立つ上層部。暴力や争いが増え、味方のはずの兵士たちから身を守るため、隠れるように身体を縮こませていた。キリも守ってくれていたし、ギリギリのところでまだみんなの理性が保たれていたから無事だったが、あの断罪の時、兵士たちから殺されなかったのは奇跡だ。グラス森への放逐も酷い罰だけど、己の手で嬲り殺してやろうという残虐心が、兵士たちに芽生えてしまっていたら、人としての理性など呆気なく崩壊していただろう。人間は、どこまでも非道になれる生き物だから。

充満する鉄錆の臭い、魔物の咆哮、断末魔の声、うめき声を上げてのたうつ兵士、痛み、寒さ、暑さ。ぐるぐると回る視界に、思わず目を閉じた。

「……ナ様、シーナ様っ！」

フワリ。温かな何かが、わたしを抱きしめる。

顔を上げると、銀の瞳が泣きそうに潤んで、わたしを覗き込んでいた。

「キリ、どうしたの……？」

「シーナ様。キリはずっとシーナ様のお側に。キリはどこまでもシーナ様について行きます！必ずわたしがお守りしますからっ！」

キリの触れたところが温かい。あれ、何だか身体が冷え切っている。あぁ、でも、いつものキリの声。落ち着くなぁ。

「シーナ殿、大丈夫か？　アダム師と話していたら、急に真っ青になって動かなくなるから！　あぁ、具合が悪いのか？　すごい汗だっ」

リュート殿下が顔を青くして、わたしを覗き込んでいる。カナン殿下やアダムさんまで心配顔だ。ちょっとグラス森討伐隊の頃を思い出して、鬱な状態に。トラウマってヤツかなぁ。身体がなんだかギシギシする。関節が固まったみたい。全身が汗に濡れて身体が冷たい。変だな、ほんのちょっと思い出しただけなのに。前はこんなの、なかったのに。

「私が、私が余計なことを申し上げたからっ！」

アダムさんがオロオロ泣きそうだ。いや、アダムさんのせいじゃないですよ。わたしの、せいなのだ。わたしの、心が弱いから。わたしの、せいなのに。わたしが、悪いから。

「シーナちゃんっ！」

ドッカンと、全てを吹き飛ばす勢いで、ジンさんが登場した。いや、比喩ではなく、ドアを吹き飛ばした？　何をしてるの、このガチムチライオン。

キリがすぐにわたしをジンさんに手渡し、ダッと外に駆け出していく。あーれーはー、サンドお爺ちゃんを始めとする関係各所へお知らせに行く動きですね。キリぃ、大丈夫だから、落ち着いて、ストーップ！

「シーナちゃん、身体が冷たい。どうした？　あぁ、怖いことを思い出したんだな」

久しぶりのジンさんエスパー発動。何故分かった。やっぱり心が読めるんじゃ……、鑑定魔法さん、首を振って否定。やっぱり、野生のカンですか？

「違うぞ、シーナちゃん。あんな経験をすれば、誰だって辛いし、乗り越えるのは難しい。君が弱いわけでも、悪いわけでもない。誰だって同じなんだ」

ジンさんにぎゅうと抱き締められ、息が詰まった。ちょっと痛いけど、縮こまっていた身体が解れるような、そんな感じがした。

「碌でもない記憶だ。忘れたくても忘れられない強烈な記憶だ。だが、必ず薄れていく。必ず。幸せな記憶で、必ず薄れていく。大丈夫だから、俺を信じてくれ」

うん。ドアを文字通り吹っ飛ばしたジンさんのお陰で、ちょっと薄れたよ。それぐらい衝撃だった。ドアって、粉砕されるんだね。

「ふふふっ。ジンさん、焦りすぎ。ドアが飛んでいった」

ゆるゆると可笑しさが込み上げて、わたしは身体から力を抜いた。あれ、なんか、眠い……。

「うん、大丈夫。そのまま寝ていい。ずっと側にいる。安心しろ」

背中を撫でるジンさんの手の温かさに、わたしの意識は暗転した。

ゆらり。ゆらり。

身体が熱い。ふわふわと雲にでも乗っているような浮遊感。

熱い。熱い。熱い。熱い。

ひんやりとしたものが、額に触れる。気持ちいい。

薄く目を開けると、霞んだ視界の中、キリの泣き顔。ぎゅっと唇を噛み締めている。キリ、そんなに噛み締めたら、唇が切れちゃうよ。

「シーナ様。少しでもいいですので、お召し上がりください。あいにくと、こんなものしかありませんが」

野菜の切れ端の入った、水みたいな薄いスープ。冷めているというよりも、冷え切っている。冷たい。熱い身体に気持ちいい。

「……キリ、わたし、熱があるんだね」

「今は魔物の襲撃も落ち着いています。どうか、回復魔法はお止めください。昨日から、一睡もしていらっしゃいません。こんな時ぐらいは、お休みにならないと」

「……うん、そうだね、少し、休もうかな」

小さなお椀のスープを飲み干し、カビ臭い毛布に身体を潜り込ませる。熱い、熱い。身体が燃えているみたい。でも寝たらだめ。寝ている間に、間に合わなくなる。救える命が救えなくなる。

「シーナ様。水をもらってきます、お待ちを……」

小さな鍋を持って外へ出ていくキリ。その痩せ細った背中に、心配が募る。ああ、さっきの椀は、キリの分じゃないのかな。また、わたしに譲ったんじゃないだろうか。キリもあんまり食べてないのに。また痩せちゃうよ。

でも身体を動かすことはできなかった。鉛のように身体が重い。ガンガンと殴られているような頭の痛みと、熱のせいで強張った背中が痛い。

小さな頃、まだお父さんとお母さんが生きていた時のことを思い出した。熱を出したわたしに、お父さんは果物をくれた。お母さんは温かいスープをくれた。お兄ちゃんが、水で濡らした布で、頭を冷やしてくれた。決して裕福ではなかったけど、愛されていた。大事にされていた。

でも魔物が村を襲って、家族はみんないなくなった。魔物が憎いだろう、敵が討ちたいだろうと言われて、討伐隊に入ることを了承した。魔物がいなければ、家族は今でも元気に生きていた。幸せな毎日を送れていた。もうあんな思いは、したくなくて。誰にもして欲しくないと思って、ここに来たはずだ。悔いはない。だけど。

ここはあの時に見た地獄よりも酷い。昨日いた人がいなくなる。爆発音、肉の焼ける臭い、悲鳴と怒声と。

あの日の、魔物に家族を奪われた痛みを、何度も繰り返しているみたい。

「いつまでサボっているんだ、この役立たずがっ！」

吹けば飛ぶようなボロいテントに、怒声が響いた。同時に、お腹に衝撃があって、口の中に血の味が広がり、身体がテントの支柱にぶつかった。

「グリード、副隊長」

わたしをその大きな足で蹴り上げたのは、グラス森討伐隊のグリード副隊長だった。魔物の返り血まみれの副隊長は、手に持った剣の切っ先をわたしの右足に躊躇なく潜り込ませた。

「……っ！」

灼熱のような痛みが右足を貫いたが、わたしは声を抑えた。重傷にはならぬよう、加減はされていた。足に刺さった剣先をグリグリと微妙に動かしながら、グリード副隊長は吐き捨てるように言った。

「前線に負傷者が増えているんだ、さっさと起きて、回復させろ」

「……はい」

右足から剣が抜かれると同時に、わたしは小さく詠唱して自分の身体に回復魔法をかけた。

どれほど疲れ切っていても、魔力が豊富なお陰で回復魔法の発動には支障がない。身体から熱と痛みが去り、わたしはゆっくりと立ち上がった。

グリード副隊長は、用は済んだとばかりに、こちらを振り返ることなくテントを出ていった。良かった、今日は殴られなかった。機嫌がいいようだ。

テントを出て、怪我人が集められている場所へ向かう途中、レクター殿下を見かけた。また幼馴染という侯爵令嬢と連れ立っている。今日は侯爵令嬢の回復魔法はないのだろうか。

「ああ、君か」

レクター殿下が侯爵令嬢を気遣いながら、わたしに声をかける。わたしの婚約者であるレクター殿下は、皺一つない絹の装束を纏っていて、神々しいばかりの美しさだ。こんな素敵な人がわたしの婚約者だなんて、未だに夢でも見ているみたいだ。

「今日はシンディアの体調が優れないんだ。代わりに頼むよ」

侯爵令嬢はレクター殿下の腕に取り縋っていて、本当に具合が悪そうだ。それならば、兵たちに文句は言われるが仕方がない。今日はわたしの回復で我慢してもらわなければ。

兵たちが寝かされている場所へ行き、回復魔法と再生魔法を繰り返し施す。充満する鉄錆の臭いにも、痛みに苛立つ兵たちに殴られるのも、片隅に物のように積まれた骸(むくろ)にも、もう慣れた。

大丈夫、大丈夫。まだ動ける。

ふわりふわり。

ああ、でもおかしい。まだ身体が熱いもの。

回復魔法が効かなかったのかな、そんなこと、今までなかったのに。

それともようやく死ねるのかな。どんなに身体が辛くても、痛くても、苦しくても、疲れていても、お腹が空いても、回復魔法があるから、わたしは死ねないのに。もう終わるのかな。このまま。

「終わらない。シーナちゃんの身体は頑張っている。ちゃんと食べて、寝て、休んで。回復魔法に頼らず強く、元気になっているんだ」

誰かが頭を撫でている。キリかな。いつも、側にいてくれるの。

「そうか。キリさんはいつもシーナちゃんの側にいるものな。今は薬湯をもらいに行っている。すぐに戻るさ」

冷たい感触。気持ちいい。撫でられるのも好きなの。大きな手。優しい手。

「熱が出ているからな。冷やした布を当てたら気持ちいいな。撫でるぐらいなら、いつでもできるぞ」

知っている声だ。どうしたのかな。元気がないよ。お腹が空いているの？

「君が心配なだけだ。熱は少し下がったな。よかった、シーナちゃん」

髪を梳く感触に、意識が浮上する。目を開けると、大好きな空の色が見えた。

ボサボサの髪に、無精髭だらけの顔。お久しぶりなガチムチライオン。

「ジンさん……。髭……すごい伸びてるよ？」

「ははは。そうだな。すごい伸びてるな」

ジンさんがわたしの頬にすりすりと頬を擦り寄せた。痛い、髭、地味に刺さってるよ。

「ジンさん。身体が重いし熱い。わたし、熱出たの？」

「ああ。４日ほど寝込んでいた。倒れたの覚えているか？」

倒れた？　そう言われてみれば……。

「あの、ジンさんがドアを粉砕した時のこと？」

「ああ、そうだ。あの日から4日経っている。シーナちゃんは倒れてすぐに高熱が出て、今まで意識が戻らなかった。サンド老の見立てでは、記憶の揺り返しのせいだろうと」

「記憶の揺り返し？」

「ああ。討伐隊の時の体験は、君の中で表面的には終わったことになっているつもりでも、やはり君の心を深く傷つけていた。４日前にも、ちょっとしたきっかけで、揺り返しが起こったのだろうと」

あの時、何を考えていたんだっけ。アダムさんと話していて、どうしてそんな知識があるんだと言われて。グラス森討伐隊で嫌というほど経験を積んだせいだと思ったんだ。それで。シーナとしての記憶が戻ってきて、心が耐えきれなかったのか。

「弱いなぁ」

わたしはもうシーナだけじゃないのに。大人の椎菜が付いていて、どうしてこんなに容易く揺らいでしまうのだろう。

「弱いんじゃなくて普通の反応だ。訓練を積んだ熟練の兵士だって、戦場の記憶というものに苛まれることはある。ましてや心が育ちきっていない子どもが体験するなど、もってのほかだ」

ジンさんに諭すように言われた。ちょっと、怒っている。もちろん怒りの対象はわたしじゃなくてダイド王国なんだろうけど。

「ジンさん。夢を見たんだよ」

わたしは、ジンさんに夢の内容を話していた。良い夢じゃないけど、1人で抱えていたら、耐えられなくなりそうだった。ぽつり、ぽつりと話す内容を、ジンさんは何も言わずに聞いてくれた。

「キリが心配だよ。自分のご飯をわたしに食べさせるんだもん。ねえジンさん。キリは大丈夫かな？」

まだ夢と現実の境目がはっきりしていなくて、わたしは一番の心配事を口にした。キリの背中、痩せて骨が浮いてたんだよ。わたしにはキリしかいないから、失ったらきっと、正気ではいられない。起き上がろうとするわたしの手をそっと取って、ジンさんは宥めるようにギュッと握った。

「大丈夫だ。大丈夫。キリさんも、サンド老から食事の指導と毎日薬湯を飲まされている。シーナちゃんの美味しい料理で、初めて会った時よりも肉がついてきているじゃないか。心配いらないよ」

「そっか。そうだね。ジンさん。ありがとう。キリを助けてくれて」

わたしがお礼を言うと、ジンさんは言葉を詰まらせた。青い瞳が潤んでいる。

「俺が守る。必ず守る。君のことを。君が大事にしているものも全て。どんな手を使っても、守るから。だからもう、心配しないでいい。何も心配しないで、君は俺に全てを任せてしまえばいい」

優しい手が、髪を撫でる。気持ちよくて、わたしはその手に甘えた。うん、ジンさんの手は強くて大きくて安心できる。

「……うん。ジンさん。少しだけ眠るから、その間は、お願いね……」

起きたらまた頑張ろう。

それまでは、この手に任せていても大丈夫だから。

再び眠りについたシーナちゃんの手を布団の中に戻した。熱も大分下がったし、少しだけ水分も取れた。

碌でもない悪夢を見ていたようだが、シーナちゃんは自分が傷ついたことより、キリさんの方が大事だったようだ。シーナちゃんらしいが、もう少し自分を大事にして欲しい。

「キリさん。大丈夫か」

サンド老の元から戻っていたキリさんが、顔を覆って、声も出さずに泣いていた。シーナちゃんの眠りを邪魔しないよう、気配を消して。

俺の言葉に、顔を上げた彼女は、力強く頷いて、涙を拭った。

「……シーナ様は、グラス森討伐隊で、どんなにお辛くても、泣き言を仰ったことはありません」

キリさんが静かな声で語り、シーナちゃんに寄り添う。

「罵倒され、殴られ、傷つけられても、毎日、兵士たちが健やかであるように、命を一つでも救えるように、身を擦り減らしてあの地獄を駆けずり回っていらっしゃいました。私は、討伐隊でシーナ様がご自身のことで何かを望まれるのを、一度も聞いたことはありません。与えて、奪われることばかりで、ただの一度たりとも」

キリさんは俺の顔を真っ直ぐに見つめる。

「シーナ様は討伐隊を出られて、変わられました。素直に、ご自身の望みを口にするようになられた。そのシーナ様が、ジンクレット殿下と、結婚したいと。嬉しゅうございました。シーナ様が、ご自身の幸せを、初めて望まれたのです」

そうだな。シーナちゃんは欲がない。いつも誰かに与えることばかり考えている。

「私が申し上げるのもおこがましいのですが、ジンクレット殿下。どうか、どうかシーナ様をよろしくお願いします。シーナ様が一番幸せな顔をするのは、ジンクレット殿下のお側にいらっしゃる時なのですから」

キリさんが、拝むように、俺に向かって頭を下げた。その目には、まるで子の幸せを無心に願う、母のような必死さがあった。

初めて会った時は、強い人だと思った。ボロボロで細い身体なのに、全身からシーナちゃんを守る気概（きがい）が溢れていた。立ち塞がる壁のようで、包み込むような柔らかさで、不器用ながらも、必死に、シーナちゃんの側にいた人。

そんな人に、シーナちゃんの側に在ることを認めてもらえた。なんと誇らしいことなのか。

「キリさん。シーナちゃんが幸せになるには、貴女が不可欠なんだ。彼女にとって、貴女の幸せも望みの一つなんだ。だから俺に守らせてくれ。シーナちゃんの大事なものを全て。頼む」

キリさんが頬を緩めた。少しだけ、彼女の肩の重荷を下ろせるなら、それでもいい。

あぁ、でも。

「俺がこんなことを言ったら、バリーに怒られそうだな。キリさんを守る役目は、自分だと言うだろうからな」

つい、スルリと言葉が出てしまった。キリさんに不快な気持ちをさせてしまったかと、視線を向けると……。

そこには顔を真っ赤にして俯くキリさんがいた。

……おいバリー。いつの間にか外堀だけじゃなく、本丸も攻め終わっていたぞ。

＊＊＊＊＊

「もう大丈夫だってば」

何度大丈夫って言っても、ジンさんは安心できないみたいだ。熱も下がり、食欲も戻り、ふらふらもしない健康体ですよ。前に熱を出した時も、こんな感じだったな。

「分かっている。分かっているが俺が不安なんだ」

真面目な顔でベッドの側から離れないジンさん。やたらウロウロして、わたしの世話を焼こうとするから、侍女さんズに露骨に邪魔者扱いされている。ジンさんって王子様じゃなかったっけ。古参の侍女さんズには「ジンクレット様、暇ならこの荷物、あっちの部屋に運んでください」とか、顎で使われているんだけど。大丈夫なの、この扱いで。

王妃様を筆頭とする女性陣には、ものすごく心配をかけてしまったようで、全員が子育て中の熊のようにピリピリしている。お見舞いも面会も王妃様の許可なしには通さないほどだ。

「急にお倒れになったのです。皆様も心配なのです。キリも生きた心地がしませんでした」

と、キリに泣かれたら否やはない。大人しくベッドの住人となっているが、ジンさんが朝も昼も夜もへばり付いているので、この人、仕事は大丈夫だろうかと逆に心配になる。意識のない間は、それこそトイレぐらいしか側を離れなかったらしい。4日も寝なかったのに、元気いっぱいなガチムチライオンすごい。でも、わたしの部屋で素振りはするな。鬱陶しい。

一方、主治医であるサンドお爺ちゃんは、どっしりと構えていた。いつかはこういう症状が出るだろうと予想はしていたんだって。今までは気を張って抑えられていたけど、緊張が緩んでいる証拠らしい。なるほど。マリタ王国（実家）で気が緩んだってことですね。

「今後も何度かこういう揺り返しがくるかもしれん。過去の辛い記憶は変えられん。時が過ぎれば受け入れられることもあるし、受け入れられなくても、段々と薄れていくものじゃ。時が一番の薬とは、よく言ったもんじゃよ」

長いクルクル顎髭を撫でつつ、サンドお爺ちゃんは優しく言ってくれた。でもその手にある

『忘れられない味』の特製薬湯のお陰で、その言葉はわたしの中に全く入ってこなかった。4日間、意識がなかった間は飲めなかったからって、量が増えたのは解せない。飲みすぎはどんなに良薬でもよろしくないのでは、と意見したら、サンドお爺ちゃんに「ちゃんとギリギリを攻めているから問題ない」と返されました。なんだ、その峠を攻めるライダーみたいな台詞は。カナン殿下はもうすぐ薬湯は卒業って言ってたのに。わたしの薬湯ライフは終わりが見えない。

仕返しにサンドお爺ちゃんの髭をモッフモフのモフモフにしてやった。クルクルがモシャモシャになっただろう。何故か緩んだ顔で「コラコラ」と怒られたけど、知らないもんね。後ろで順番待ちしているガチムチライオンには、気づかないふりをした。早く髭を剃れ。

「シーナ様、お見舞いです」

以前に寝込んでいた時との違いは、ジンさんを連れ戻しに来るバリーさんが、いつもお見舞いの品を持ってくるところだ。女子ウケしそうな菓子やら小物やら。お見舞いのお裾分けとして侍女さんズやキリにも持ってきている。キリには特に、お見舞いの対象であるわたしよりも、豪華なお土産を持ってくる。目的が違っている気がする。

照れながらぎこちなく受け取るキリ。デレデレのバリーさん。何これ。わたしの意識がない時に、何があった。ちょっと。わたし、大事なとこ見逃してない？　頼りの侍女さんズに聞いても、皆さんも把握してなかったらしく、興味津々。ダメ元でジンさんに聞いても「本丸がいつの間にかな……」としか言わないし。さっぱり分からん。くぅ。ドラマの大事なシーンを見逃した気分。

今も甘々な口調でキリと仕事の打ち合わせをしているバリーさんと、緊張して顔を赤らめながらぎこちなく対応するキリ。

ねえ、なんなのこの、付き合う直前のカップルみたいな感じ。教室の隅で繰り広げられていた、甘酸っぱい恋の始まりみたいな雰囲気。

「ジンさんはどう思う？」

バリーさんの今日のお土産の葡萄っぽい果物を食べながら、ジンさんの意見を聞いてみた。

「バリーは本気だ。あいつが本気になったのは長い付き合いだが、初めて見た」

「へぇー。バリーさん、モテるのに本気になるの初めてなんだー」

色々な女性に誘われてるの知ってるぞー。何人か元カノがいるのも知ってるぞー。帰ってきて、すぐ別れた人も知ってるぞー。

「っごほんっ！　バリーは諜報も兼ねているからな」

あーはぁん。ビジネスありきの恋愛ですか。でも元カノ、全員巨乳だったよ。情報持ってる女子は、全員巨乳ってすごくおかしな確率じゃない？

「シーナちゃん、あんまり男を追い詰めてはいけない。上手くいくものもいかなくなる」

「大事なキリの相手だもん。疑問点は全部確認したい。大体キリだって、バリーさんの元カノには全員気付いてるよ」

キリはめちゃくちゃ勘が良いからね。そしてキリはスレンダー美人なのだ。バリーさんの嗜好からは外れているから、ちょっと心配。まあ、胸部の脂肪の塊の大小でつべこべ言う奴になんて、キリはあげないけどね。

「そ、そうなのか？」

「気の強い人もいてさ。キリにわざわざ当て付けみたいに文句を言う人もいるよ。バリーさんに目をかけられているのが、気に食わないみたいでさ」

でもキリは、物腰は柔らかいけど、強い。だてにあのグラス森討伐隊で、曲者揃いの上司たちや血気盛んな兵士たちの相手をしていたわけじゃない。バリーさんに情報を抜かれるぐらいしか価値のない、平和な暮らしに慣れたお嬢さんが太刀打ちできる相手じゃないのだ。ケチョンケチョンに返り討ちにして、侍女さんズからの喝采を浴びていた。

「それでもバリーを好いてくれたのか……」

「キリは心が広いからね。わたしは無理。昔のことならともかく、彼女がいながら口説いてくる男なんてヤダ。絶対ヤダ」

前世の彼氏、本名なんだっけ？　渾名（あだな）が二股クソ野郎略して『フタクソ』君に振られた時のことを思い出した。彼氏のフタクソ君から呼び出されて、ウキウキで向かったら「あのさー、隣のクラスの亜美に告られたから、お前への告白はナシで。お前と付き合ったのも、ノリみたいなもんだったし。亜美とお前じゃ、亜美だろ、普通」と言われたんだよね。なんかもう、悲しいとかいう前に、プライドがぺっしゃんこになったよ。

不誠実な男はヤダ。自分勝手な理屈捏ねくり回して、正当化する男もヤダ。

「ま、わたしならジンさんが浮気したら即、別れるけど。王子妃だろうと関係ないもんね。即、国外逃亡する」

「はっ？」

「え？　だってマリタ王国って一夫一婦制でしょ？　側妃も愛妾も、後継がいないとかよっぽどのことがない限り、認められないじゃない？　そんなお国柄なのに浮気とか……。わたし、ジンさんが好きだから結婚するって決めたんだよ？　浮気したら嫌いになるし、好きじゃなかったら王子妃はヤダし、逃げるしか……」

「俺は浮気などしないっ！」

「みんなそう言うんだよねー」

君だけが好きだーとか、一生大事にするーとか。嘘つかれて二股され、搾取されたわたし。ジンさんのことは信じたいが、人の心はいつ変わるか分からない。好きになりすぎないように依存しすぎないように、セーブしている。別れた時に、空っぽになってしまうから。

狡いかな。こうやって、予防線をはって恋愛するなんて。でも用心はしておきたいのだよ。

でもジンさんの発言で、わたしのささやかな予防線なんぞ、吹っ飛んでしまった。

「俺は自慢じゃないが、シーナちゃんが初恋だ！　この年まで女性を好きだと思ったのも、美しいと思ったのも、欲しいと思ったのも、誰にも渡したくないと思ったのも君だけだ。俺は心移りなど絶対にしないぞ！　信じられないなら、死ぬまで俺に監視をつけても構わないっ！　俺は君以外の女性には微塵も興味を持たんからなっ！」

いちいち、選ぶワードが重くて物騒なのはいつものジンさんだ。監視の趣味はないので結構です。

それにしても。初恋。22歳の初恋。そっちの方が、破壊力がある気がするのは、気のせいか？

わーい、ジンさんの初恋の相手がわたしなんて嬉しいなーとならないのは、わたしが薄情なわけではないと思う。

「一度聞きたいと思っていたのですが」

「な、なんだ、シーナちゃん。なんで敬語に？」

真面目な顔のわたしに、ジンさんが警戒の目を向ける。

「ジンクレット殿下は、もしかして少女を好む性癖が」

「ないっ！」

「えー」

本当かなぁ。

こんなに好き好き言ってもらえて嬉しいけど、見た目はまだまだ子どもなのよ、わたし。実年齢は成人の15歳だけど、こちらの見た目年齢的には、未成年。こっちの15歳は日本の同年代に比べて中身も外見もかなり大人だ。15歳で結婚して子どもを持つのも納得と言えるぐらい、成熟している。ジンさんはなんで好きなのかなぁ、やっぱり少女趣味が……。

「俺は君の全てに惹かれているが、確かに身体は幼いと思う。だが逆に、その幼さが抑えになっているんだ」

ジンさんに手を取られた。きゅっと握る手に、力が籠る。

「もし君が、実年齢通り、成人した外見だったら……。式など待てなかっただろう」

低く熱の籠った声は、蕩けるように甘くて、恐ろしいほどの色気を孕んでいた。

ぐびり、と緊張して喉を鳴らしたわたしに、ジンさんの瞳がふっと緩む。

「出会ったばかりの頃に比べたら、大きくなった」

ぽんっと頭に手を置かれ、穏やかに微笑まれた。

「よく食べて、寝て、休んで。早く大きくなってくれよ、シーナちゃん。待っているからな」

その日は、倒れて以来見続けていたグラス森討伐隊の夢を見なかった。

その代わり、羊になって牧場で飼われたわたしが、ナイフとフォークを持った牧場主のジンさんに、「早く大きくなぁれ」と舌舐めずりされる夢を見た。怖すぎ。

＊＊＊＊＊

ダイド王国へ探りを入れている最中、陛下（親父）より、執務室に呼び出された。

「ジンクレット。ナリス王国よりロルフが来る」

その言葉に、俺は口の端を上げた。ロルフ・ナリス。ナリス国王の弟にして、ナリス王国騎士団を束ねる男だ。国王が最も信頼する臣下であり、その地位に相応しく、ナリス王国随一の騎士であり、ずば抜けた強さと指揮力がある。年も俺たち兄弟と近く、昔から気心の知れた仲だ。まあ、素行と性格はアレだが。

「カナンの迎えですか？」

久しぶりの再会になると喜ぶ俺を、陛下は平坦な目で見ていた。同席していた王妃（お袋）も、同じような表情をしている。

なんだ？　２人とも何故そんな顔をしているんだ？

「ジンクレット。ワシはな、シーナちゃんの伴侶について考えた時、お前やシリウスよりも、一番にロルフを思いついた」

陛下の発言に、俺は身体が急速に冷えた気がした。

「何を言って……」

「あの娘は、利用価値が高すぎる。類稀なる魔法の才能、豊富な魔力、柔軟で斬新な発想力。あの娘1人で、才のある者100人の働きができる。その癖、人が良すぎて危なっかしい」

陛下はため息を吐く。王妃も、それに深く頷いていた。確かに、シーナちゃんは人が良い。騙されやすいともいう。

「あの娘を、万が一にもダイド王国に奪われる隙を、作らせてはならぬ。あの娘にとっても不幸なことになるであろうし、あの国にあの才能が渡れば、我が国や周辺国の脅威にもなりうる」

「それがどうして、シーナちゃんの相手をロルフにという話になるんだ。シーナちゃんを守るのは俺の役目だっ！」

「ワシはお前に、シーナちゃんを守り切れるとは思えん。お前は腕力こそ強いが、己自身の問題を解決することもできん、腑抜けよ。あの娘とマリタを守るには、お前ごときでは到底足りぬ。だからロルフをあの娘の伴侶にとナリス国王に打診した」

親父の言葉に、俺は衝撃を受けた。俺とシーナちゃんの婚約は仮のまま。シーナちゃんの養女先が決まらないせいだったが、本当は、これが狙いか。

「ナリス王国には、シーナちゃんとお前の婚約が、仮婚約であると伝えている。なんの奇跡かあの娘がお前を選んだので、お前との婚約を許したが、ワシは今でもロルフの方が相応しいと思っておる」

悔しいが、俺とロルフならば、確かにロルフの方が有能だ。あの男なら、ダイド王国に隙など見せず、シーナちゃんになんの波風を当てることなく守るだろう。

だが。

「シーナちゃんが選んでくれたのは俺だ」

足りない俺でも良いと、彼女は選んでくれた。情けないところを沢山見せても、この手を取ってくれたのだ。

「選ばれた上に胡座をかけば、あの子の気持ちも変わるやもな？　あの子の世界にはまだ、お前以外おらんのだ」

陛下は的確に、俺の心の弱さを突いてくる。

奪われぬように、他に気持ちを移さぬように、誰も居ない場所に囲い込んで隠したい気持ちを見透かされている。

ギリと拳を握る。真っ黒な気持ちが心を覆っていく。奪われて、なるものか。抑えようとも抑えきれぬ魔力が、ゆらりと立ち昇る。

「はっ。いつもそれぐらいの気概を持て。できなければ、ロルフにあの子を添わせる」

「シーナちゃんの気持ちは無視か？　そのやり口のどこが、ダイド王国と違うと言える？」

にっと、陛下の口の端が上がった。

「ロルフに会えば、シーナちゃんの気持ちが変わるとは思わんのか？」

ぐむっと息を呑んだ。考えたくもないことだが、ロルフは昔からとてつもなくモテた。未だに独身、婚約者もない身だが、それはナリス王国の後継であるカナンを守るためだ。ナリス国王にはカナンしか子がなく、足の欠損が原因でその地位は不安定だった。王弟のロルフは第2位の王位継承権を持ち、もしロルフに子ができれば、次の王はロルフにとする動きがあるかもしれない。

しかしカナンの左足が再生した今、治療が終わればその地位は強固なものになるだろう。ロルフが婚姻できない理由はなくなる。

「ロルフ殿下なら、シーナちゃんを任せても安心ね。ウチのバカ息子よりは遥かに」

王妃は優雅に扇子を仰いだ。俺は冷や汗をかいた。シーナちゃんに対する日頃の態度について、それはもう恥ずかしい説教をされたのは、つい先日のことだ。誤解だと言っても信じてもらえなかったが。

「精々、ロルフに奪われぬように精進するんだな。ロルフはな、カナンの恩人との婚姻に、大層乗り気らしいぞー。あのロルフも、とうとう結婚か」

陛下の揶揄うような口調に、殺意が湧いた。ニヤニヤニヤニヤしやがって、腹が立つ。

怒りが収まらないまま自分の部屋に戻ると、敬意をどこかに置き忘れてそのまま側近が、面倒臭そうに話しかけてきた。

「なんだったんですか、陛下のお話は」

「ロルフが来る」

「あー、カナン殿下のお迎えですか？」

「シーナちゃんの結婚相手として、ナリス王国に打診しているそうだ」

バリーは目を見開き、面白そうな顔をした。

「えっ？　あー、だから仮婚約が長引いているんですか。ジン様、ロルフ殿下がいらっしゃるまでの繋ぎっすか？」

「誰が繋ぎだっ！」

「いや、だって、ロルフ殿下でしょ？　あの人が本気出したら、あっちゅー間にシーナ様、獲られちゃいますよ？」

「だが、シーナちゃんは、俺が好きだとっ！」

「え？　勝てると思ってるんですか？　あのロルフ殿下ですよ？　各国の令嬢から街の歌姫、教会の巫女すら虜にする色男ですよ？　ヘタレには荷が重い相手ですよー」

無理無理ーと軽口を叩く側近を、俺はジロリと睨みつけてやった。

「シーナちゃんがロルフを選べば、自動的にキリさんもナリス王国に行くことになるな」

「ジンクレット様！　呑気に構えている場合じゃないっすよ！　シーナ様を死守しないと、俺たちに未来はありませんっ！」

ようやく危機感を持ったのか、バリーが真剣に言い募る。やっとキリさんとの仲に進展があったのに、万が一にもシーナちゃんがナリス王国に行くことになれば、キリさんは迷わず付いていくことだろう。それはもう、サッパリキッパリ、バリーは振られるだろうな。

「そうだな。ほんのちょっぴり上向きに修正されたキリさんのお前への評価など、シーナちゃんへの忠義に比べたら、紙っぺらより薄いからな。お互いに振られないよう、最大限に努力せねば」

「シーナ様にロルフ殿下の悪口を山ほど吹き込みましょう。シーナ様の嫌いな王族で、どんな女も虜にする美貌で、仕事はできるけど、非情で合理的すぎると。ジン様みたいに泣き虫でもヘタレでも執着束縛男でもないと！」

バリーはロルフについて語っているうちに、首を傾げた。

「あれ？　シーナ様の好みに合わないところを列挙したら、逆に褒め言葉じゃないですか？　シーナ様、趣味悪すぎ。ジン様のどこがいいんでしょうか？」

「側近の無礼を笑って許す、懐の深いところじゃないか？」

ガツンと拳をバリーの頭に落とす。これぐらいで許すとは、俺はなんて優しい主人なのだろうか。

「いっだ！　俺、本当のことしか言ってないのに、なんで怒られているんですか？　理不尽ですっ！」

「本当のことでも、主人に対して慮るという、必要最低限の能力が欠けているからだ。反省しろ」

不満そうなバリーは放っておき、俺は気合を入れ直した。カナンの治癒は、サンド老曰くほとんど終わっている。あとはサンド老の特製の薬湯と地道なリハビリを続けるのみなので、ナリス王国に帰っても問題はない。ナリス国王と王妃が、足の治ったカナンを確かめたくて、その帰りを、首を長くして待っている。迎えのロルフが来るまで、それほど、猶予は無いはずだ。

ロルフが来ても揺らがぬように、己を心身共に鍛える。それしかない。シーナちゃんが俺の腕を触りながら、「ジンさん、筋肉は裏切らないんだって」とよく分からないことを言っていたが、今は己を鍛えることぐらいしかできないだろう。

「え～。ジン様のヘタレが、そんなんで改善されるんですか？　生まれた頃から甘やかされた筋金入りの末っ子体質なのに？　無駄なことはしないで、ここはいっそ、シーナ様に捨てないで欲しいと土下座しましょうよ。きっと憐れんで、ジン様を選んでくれますよ。なんだかんだと、優しい人ですから」

「お前……、常々感心しているが、俺を貶すバリエーションが豊かだな？」

「多角的にお伝えして、自覚していただきたいんですよ。本当に、もうちょっとしっかりしてください。シーナ様に捨てられたあと、幸せな人生を送れる自信あります？　いつまでもウジウジウジウジしている主人に仕える羽目になる、俺の身にもなってください」

俺はフッと笑った。

「そこはお前、俺に愛想を尽かすという選択肢はないんだな」

「そこまで疑ったら、本気で愛想を尽かしますよ？」

サラリとバリーに言われ、俺は口角を上げた。

「精々、キリさんに振られぬように頑張れ。俺に仕える限り、シーナちゃんに仕えるキリさんと、一生顔を合わせることになるぞ？」

「貴方がシーナ様に振られたら、生木を割くように俺とキリさんも別れなきゃいけなくなるんですから、死ぬ気でシーナ様を繋ぎ止めてください。失敗したらヘタレ王子に改名してもらいますからね」

相変わらず無礼なヤツだが、仕方がない。

俺の側近は、バリーにしか務まらないからな。

＊＊＊＊

何故だ。どうしてこんなことになったんだ。

馬を駆り、後ろから迫る魔物たちから逃げながら、レクターは何度も自問していた。

何故、何故。僕がこんな情けない真似をしなくてはならないんだ。

横を走るグリードが、風魔法を使って魔物を薙ぎ払う。どれほど倒しても、魔物はドンドン湧き出てくる。こちらの魔力にも限界がある、魔力が尽きれば終わりだ。

「グリード、兵はどれほど残っている？」

「半数は……！　奴らを盾にすれば、我等は逃げ切れましょう！」

「……分かった」

父に与えられた兵の大半を失うことになる。兄と王位を争う身としては痛い失敗だが、死んでは元も子もない。なんとか無事にこの森から逃げ切らなくては。

いつからだろう、歯車が狂い始めたのは。ほんの一季節前までは、全て順調だったはずだ。高レベルの魔物の討伐も十分な人数で当たれば、容易ではなかったが可能だった。魔物の洞窟を攻略し、本丸である最深部の古龍の骸まで、もう少しだったはずなのに。兵士たちの士気も高く、多少の犠牲はあったが、今までのどの時代の討伐隊よりも成果を挙げていた。私の隊が、ダイド王国の悲願であるグラス森討伐を果たすはずだったのに。

初めの異変は、魔物除けの香が切れたことがきっかけだった。

弱い魔物ならば寄せ付けぬその香は、昼間の討伐時にはもちろん、夜間の休憩時にも使用し、兵士たちの消耗を抑えていた。香が無くなると、弱い魔物も強い魔物も間断なく襲ってくるようになり、昼間は全兵士が常時警戒体制を取らなくてはならなくなった。

夜間は1部隊30人程が交代で夜警に当たれば良かったところ、香がないだけで3部隊での警戒が必要になった。当番から外れている兵士たちも、終夜続く魔物たちの声と気配に安眠どころではなくなり、消耗が激しく、士気が下がった。疲労で倒れる者、長く続く緊張に精神状態が悪くなる者が続出し、頼みの回復魔法は魔術師の質が悪かったのか、十分に回復せず、しかも1人で数人程度しか癒せない。

「何故一度で全員を癒さないんだ！　回復が間に合っていないではないか！」

ちまちまと回復している魔術師たちを怒鳴り付けると、魔術師たちは青い顔で頭を下げた。

「か、回復魔法は通常、1人ずつにかけるものです。1人で回復できるのは精々10人程度。それ以上は魔力切れを起こします……」

「嘘を言うなっ！　我が隊の回復はこれまでは1人で賄えていたのだぞ？　それを大幅に増員してもらったのに、何をふざけたことを言っているのだ！」

「ですがっ！　部隊10名につき回復の魔術師は2名の配置が推奨されているところを、今は1名配置！　この状態で魔力切れが続けば魔力枯渇になり、命に関わるのですっ！　そんなこと、常識でしょう！」

常識。そう、確かに。

王子として受けた兵法の授業でも、長期的な戦や討伐における理想的な魔術師の配置はそう示されていた。

それなのに何故。いつの間に。このグラス森討伐隊でその常識が覆されたのか。

初めの頃は討伐隊にも回復役の魔術師がきちんと配置されていた。約500名の兵士につき100名弱の魔術師。10名の兵士当たり2名が配置されていた。それがいつの間にか、これほど多くの回復要員の配置は不要との結論になった。実際、回復要員の魔術師たちは暇を持て余していた。だから全員を攻撃部隊に割り振ったのだ。魔術師たちは回復専門という訳ではなかった。攻撃部隊の人員が増えれば、そのぶんグラス森の攻略が進む。問題などなかった、驚異的な回復力を持つ、あの娘がいたから。

ぞくりと、背中が冷えた気がした。

おかしいだろう。今考えれば、ありえないことだ。５００名の兵士に対したった1人の回復役。

だがあの娘はやってのけた。青白く隈の浮いた顔とガリガリの身体で。ボロボロの衣服を聖女のローブで隠し、細い腕で杖を構え、レクターやグリード、その他の兵士たちの要求に応えていった。対価は粗末な食事に粗末なテント、そして時々の、レクターの甘い言葉。それだけで、あの娘は魔術師１００人分に匹敵する働きを見せたのだ。

感覚が、麻痺していたのか。あれが普通だと、何故思った。

甘い言葉を囁く度に、何故王子たる自分がこんなことをしなくてはならないのかと苛立たしい気持ちになっていたが、今にして思えば、あれほど有益で効率の良いモノを手放すとは、愚かだった。シンディアを害そうとした罪で一生飼い殺しにして、二度と逆らわぬように躾直しておけば良かったのだ。

一人、また一人と兵の数を減らしながら、レクターたちはなんとかグラス森を抜け出した。大部分の兵を失ったが、魔物の本拠地であるグラス森を抜ければ、警戒心の強い魔物たちはナワバリから出るのを嫌い、追ってくる数は明らかに減っていた。

ている。

「国へ戻り態勢を立て直す」

レクターの言葉に、グリードが頷く。その顔には、レクターと同じように深い悔恨が刻まれている。

「グリード。あの娘の代わりを、見つけなくてはならんぞ」

「は、殿下。その件で少し気になる事が……」

「何だ？」

「王都から新たに派遣されてきた兵士たちが噂していたのですが、マリタ王国のカイラット街が大規模な魔物の群れの襲撃にあったらしいのです。その際出陣した第2王子が瀕死の重傷を負ったところ、第4王子と共に駆けつけた聖女の力により、奇跡的に回復したとか」

「マリタの第4王子……、魔物狂いか」

王都からの情報で、マリタの魔物狂いがグラス森周辺を嗅ぎ回っているとは知っていたが。

「あの娘を追放したあと、もしやマリタの第4王子があの娘を捕らえたのかもしれません。あの王子ならば、グラス森に入り魔物を討伐していたとしても不思議ではありません」

マリタの魔物狂い。マリタ王国の王族であり、上位冒険者並みの強さを持ちながら、魔物討伐にしか興味を持たぬ変わり者。第4王子という立場上、王位継承権は低いがあの大国マリタの王族だ。富も権力も思いのままであろうに、ほとんど国に戻らずに魔物を追っている。レクターにとっては理解し難い存在だ。

「カイラット街の噂の中には、炎を操る女剣士の活躍もありました。あの娘と共に追放した侍女は、元は火魔法が使える傭兵として雇っていたはずです」

一太刀で魔物を2、３匹屠るとか、剣に炎を纏わせ戦うなどと荒唐無稽な噂もあったが、噂は何かと大袈裟に語られるものだ。しかし火魔法使いの女剣士は、あの娘について行った侍女の特徴が一致する。

「グリード。マリタの内情を探れるか？」

「何匹か、間者は入れております」

「ではそのマリタに現れた聖女とやらを調べさせろ。あの卑しい娘が、マリタの王子の情けに縋り、生き長らえているのなら、我が国に引き渡してもらわなければならん。あれは我が国の罪人。マリタで大きな顔をして暮らせる身分ではないわ」

「マリタがあの娘を手放すでしょうか？　戦力としては使える娘です」

なんの価値もない娘だが、確かにあの魔力量は手放し難い。

「その時は無理にでも攫えばいい。抵抗すれば誰が主人か思い出せるよう、痛めつければいい。別に回復魔法が使えれば、五体満足でなくても構わん」

グリードは陰惨な笑みを浮かべた。

「荒事が好きな連中を何名か飼っております。子どもにしか興味を持たぬ者も混じっていますが、構いませんか？」

レクターは顔を顰めた。幼児趣味など、彼には理解し難い嗜好だ。

「まあ……。おかしくなって使い物にならなかったら困るが、そうでなければ構わない」

「子どもを従順に躾けるのが得意な連中です。ご希望に沿うでしょう」

「仔細は任せる。必ず連れ戻せ」

「はっ！」

レクターとグリードは、僅かな兵と共にダイド王国の王都へと向かった。

レクターの頭の中には、既に陛下へ大半の兵を失ったことをどう弁明するのかと、婚約者であるシンディアに久しぶりに会えるなという能天気な考えしかなかった。

外伝　鑑定魔法の秘密

ある日の昼下がり。バリーさんと、苦手な契約の話をしていた時のこと。

「そういえば。バリーさんに聞きたいことがあったんだった」

わたしは前々から聞こうと思っていたことを思い出した。別に、苦手な書類仕事から逃げるために、世間話を振ったわけではない。ましてや、お茶の準備に行ったキリが帰ってくる前に、仕事が切り上げられたらなー、なんて思っていたわけでもない。本当に、たまたま思い出したのだ。本当だってば。

「なんでしょうか？」

にこやかに雑談に応じてくれるバリーさん。しかし、大量の書類を捌く手は止まらない。プロだわ。

「あのね、バリーさんの鑑定魔法さんは、どんな性格？　やっぱり、お母さんみたいな、世話好きな感じ？」

鑑定魔法って、人によって（？）性格が違うのだろうか。それともみんな、お母さんみたいな感じなのかな。

「は？」

高速で動いていたバリーさんの手が止まる。ぽかんとした顔。

「いやー。ウチの鑑定魔法さんは、厳しいけど優しくて。ちゃんと人を見る目を養いなさいってよく言われるんだけど、危ない人が近付くと、すぐにピコーンって警告してくれるし、悪い人の前科とか教えてくれるし」

知らない人に声をかけられたら、逃げなさいと諭す、オカンのようです。まるで。

「はぁ？」

「それに物知りでね。危険薬物とか、便利な魔術陣とか、美味しいレシピとか教えてくれるの」

「いやいやいやいや……。何を仰っているんですか、シーナ様。鑑定魔法の話ですよね？　近所のお節介で物知りなバーさんの話じゃなくて」

すかさず、バーさんとは何よ！　乙女に向かって失礼な！　と鑑定魔法さんからクレームが入りました。乙女なのか、鑑定魔法さん。新情報だよ。

「……バリーさん、発言には気を付けて。バーさんじゃなくて、乙女だって、鑑定魔法さんが怒っているよ」

「鑑定魔法は、火魔法などと同じ、魔法の一種ですよ。人格はないですよ、普通」

バリーさんに、何言ってんだ、この子、みたいな目で見られましたよ。えー。

「でも、わたしの鑑定魔法さん、お喋りだよ？」

そして完璧にオカンですよ。前世の母、ヨネ子ばりに。大好物は恋バナです。多分、この世界に2時間サスペンスがあったら、絶対にハマると思うの。

「鑑定魔法は、物の情報を知るための魔法です。あとは、魔力の見分けとか、呪いや魅了、隷属を見抜いたりするぐらいでしょうか。術者の力量により、鑑定のレベルも変わってきますが、新しい魔術陣を作ったり、美味しいレシピを教えてくれたりは、普通、しませんよ？　ましてや、喋るなんて……」

眉間をもみもみして、バリーさんはため息を吐く。「こんなところまで、規格外か」とか呟いていますよ。失礼な。

だがしかし。わたしの知る一般常識に照らし合わせても、鑑定魔法がお喋りだなんて変だよなーとは思う。鑑定魔法さんが喋れるのなら、他の属性の魔法も喋れないと、おかしいもんね？全属性持ちのわたしの魔法が全部喋りだしたら、うるさいだろうなー。脳内パニックだよ。

そこで、鑑定魔法さんに真偽を確かめてみると。意外な答えが返ってきた。

「バリーさん。鑑定魔法って、魔力量と鍛錬によって、鑑定の精度が変わるんだって」

「えぇ？」

バリーさんの声が、驚きのあまり裏返る。

「確かに鑑定魔法は、情報を知るための魔法だけど。経験値を上げると発達して、情報を分類、統合させることができて……。へえ、だから魔術陣や美味しいレシピを作れるんだ」

つまり、鑑定魔法をレベルアップさせると。鑑定だけでなく、目の前にある情報を蓄積、分類、分析、統廃合して。そこから有意義な情報を作り出すらしい。

わたしは鑑定魔法をそんなに鍛錬をした覚えはないけどと、不思議に思っていたら。グラス森討伐隊で無意識に鑑定、治癒魔法を繰り返していたらしい。兵士たちに最適な治療を施すために、毎日フル活動してたってさ。あの頃は忙しくて大変だったわーと、お茶をする鑑定魔法さん。そうだったんだ、知らなかったよ。働き者だね、ありがとう、鑑定魔法さん。

あれ、でも、それだとどうして、人格が出てくるのか、説明になっていないような。ふんふん？　合理的に素早く鑑定結果を伝えられるように、進化するから喋れるのかー。えー？　その最終形態がオカンなの？　まぁ、オカンが最強なのは事実だけれども。合理的なのは違うかも。お喋りを始めたら長いし、脱線が多いしなぁ。

「そんな話、初耳です！　鑑定魔法の新たな可能性が！　サンド老や王宮魔術師たちに検証してもらわないと。あ、それじゃあ俺も、もしかして、鑑定魔法を毎日鍛錬していたら、新しい魔術陣を作成できるんですか？」

俄に勢い付くバリーさん。そういえば、鑑定魔法さんに教えてもらった、魔力剣を作る魔術陣に、ものすごい興味を持っていたような。俺もこおりの剣がほしいなーと、チラチラわたしを見てたもんね。無視したけど。だって陛下が魔力剣の濫用は駄目だって言ってたもの。

バリーさんの質問に、鑑定魔法さんが気軽な感じで『できるわよー』と答えている。なんと。できるのか。だとしたら……。

「バリーさんの鑑定魔法さんも、いつかお喋りに……？」

そうわたしが呟くと、バリーさんが複雑な顔をした。レベルアップは嬉しいけど、お喋りになるのは、ちょっと、って感じでしょうか。それともわたしが散々、鑑定魔法さんがオカンみたいだと言っているから、嫌がっているのかしら。世の男子は、一度はオカンに反抗的になるらしいからね。素直になれない、お年頃というやつだ。

『んー？　無口な子だから、お喋りにはならないんじゃない？』と、あっさりドライに言い切る鑑定魔法さん。無口ってあるのか、鑑定魔法に。オカンがあるなら、あるのか……。

バリーさんの鑑定魔法さんは、無口らしいよと伝えたら。バリーさんは、何故かちょっと残念そうだった。どっちだよ。

その日から。毎日のように、鑑定魔法を鍛錬するバリーさんだったのだが。

同時に、「元気ですか」とか、「今日もよろしく」と、誰もいないところに声をかける姿も、頻繁に目撃されるようになり。バリーさんが忙しすぎて、ちょっと危ないんじゃないか、という噂も、まことしやかに流れるようになったのだ。

そんな、頑張っているバリーさんを見ていたら、とても言えなかった。

『まあ、私みたいなスペシャリストになるには、１日に最低でも１００回は鑑定魔法を使わないと、無理なのよねぇ。大抵はその前に魔力が尽きるから、進化なんて極レアケースだし。私は選ばれたオンリーワンの存在なのよー』と、鑑定魔法さんが腰に手を当てて、悪役令嬢ばりに、オーッホッホッホと、高笑いしていたなんて。

とても言えなかったのだ。

あとがき

この度は『追放聖女の勝ち上がりライフ2巻』を読んでいただき、ありがとうございます。ツギクルブックス様より、『2巻の刊行が決まりました！』とお知らせをいただいて、大変、嬉しかったのですが。

追放聖女のコミカライズの原稿の確認があり。別作品の書籍化作業もあり。『小説家になろう』の更新もあり。

オセロで2手先すら読めない私に、スケジュール調整などできるはずもなく。根拠のない『これなら、いける！』という勢いだけで突き進んだことを、ちょっとだけ後悔しました。いつも締め切りギリギリに間に合うようにしか仕事を始めないくせに、『余裕のあるスケジュールだわ』と思っていた数カ月前の自分に、正座付きで説教をしてやりたいです。

そんな、過酷を極めた（大袈裟）書籍化作業でしたが、読者の皆様の応援と、万全の態勢でサポートして下さった担当者様の励ましと、今回も快くイラストを引き受けてくださった、とぐろなす様の素敵なイラストたちに癒され。（イラスト、皆さん、見ていただけましたか。ドレスアップしたシーナと、ジンさんの表情が、ヤバいですよ）なんとか無事に、２巻をお届けすることができました。本当にありがとうございます。

今回のお話で、シーナとジンクレットの関係に、少しずつ変化が出てきます。でも相変わらず、シーナは逞しく、ジンクレットはヘタレです。その辺の関係はずっと変わらないので、安心して読んでいただけるかと思います。もう少し、格好良いヒーローを出してくれというご意見があるかもしれませんが、ないものは出せないのです。ヒロインが頑張るしかないのです。
この本も、作者が読みたいものを詰め込んだ作品となっておりますが。何かとお忙しい日々を送る皆様に、少しでも楽しい気持ちになっていただければ、幸いです。

まゆらん

次世代型コンテンツポータルサイト

https://www.tugikuru.jp/

「ツギクル」は Web 発クリエイターの活躍が珍しくなくなった流れを背景に、作家などを目指すクリエイターに最新の IT 技術による環境を提供し、Web 上での創作活動を支援するサービスです。

作品を投稿あるいは登録することで、アクセス数などの人気指標がランキングで表示されるほか、作品の構成要素、特徴、類似作品情報、文章の読みやすさなど、AI を活用した作品分析を行うことができます。

今後も登録作品からの書籍化を行っていく予定です。

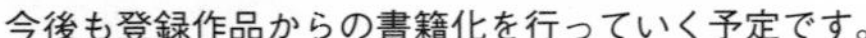

ツギクルAI分析結果

「追放聖女の勝ち上がりライフ2」のジャンル構成は、ファンタジーに続いて、恋愛、SF、歴史・時代、ミステリー、ホラー、現代文学、青春の順番に要素が多い結果となりました。

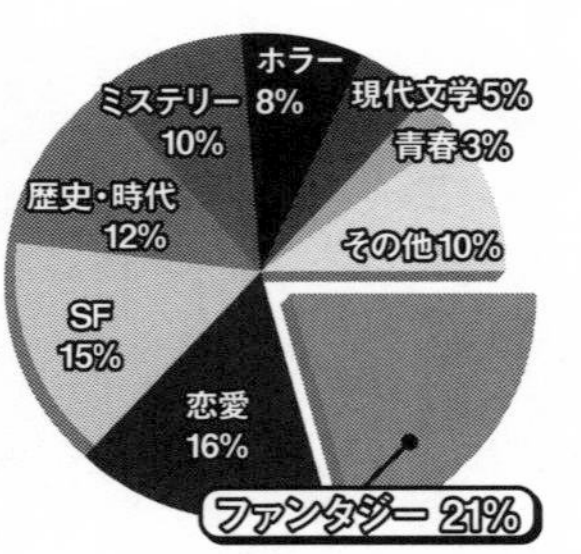

期間限定SS配信

「追放聖女の勝ち上がりライフ2」

右記のQRコードを読み込むと、「追放聖女の勝ち上がりライフ2」のスペシャルストーリーを楽しむことができます。ぜひアクセスしてください。

キャンペーン期間は2024年2月10日までとなっております。

異世界村長

著 七城
イラスト しあびす

おっさん、異世界へボッチ転移！

職業「村長」で村づくり始めました！


職業は……村長？　それにスキルが『村』ってどういうこと？

そもそも周りに人がいないんですけど……。

ある日、大規模な異世界転移に巻き込まれた日本人たち。主人公もその一人だった。森の中にボッチ転移だけど……なぜか自宅もついてきた!?やがて日も暮れだした頃、森から2人の日本人がやってきて、紆余曲折を経て村長としての生活が始まる。

ヤバそうな日本人集団からの襲撃や現地人との交流、やがて広がっていく村の開拓物語。

村人以外には割と容赦ない、異世界ファンタジー好きのおっさんが繰り広げる
異世界村長ライフが今、はじまる!


定価1,320円（本体1,200円＋税10%）　ISBN 978-4-8156-2225-1

愛読者アンケートに回答してカバーイラストをダウンロード！

愛読者アンケートや本書に関するご意見、まゆらん先生、とぐろなす先生へのファンレターは、下記のURLまたは右のQRコードよりアクセスしてください。
アンケートにご回答いただくとカバーイラストの画像データがダウンロードできますので、壁紙などでご使用ください。
https://books.tugikuru.jp/q/202308/tsuihoukachiagari2.html

本書は、「小説家になろう」（https://syosetu.com/）に掲載された作品を加筆・改稿のうえ書籍化したものです。

追放聖女の勝ち上がりライフ2

2023年8月25日　初版第1刷発行

著者　まゆらん

発行人　宇草 亮
発行所　ツギクル株式会社
〒106-0032　東京都港区六本木2-4-5
TEL 03-5549-1184
発売元　SBクリエイティブ株式会社
〒106-0032　東京都港区六本木2-4-5
TEL 03-5549-1201

イラスト　とぐろなす
装丁　株式会社エストール

印刷・製本　中央精版印刷株式会社

ISBN978-4-8156-2271-8
Printed in Japan